岩波文庫

32-790-2

遊戯の終わり

コルタサル作
木村榮一訳

岩波書店

Julio Cortázar

FINAL DEL JUEGO

1956

目　次

遊戯の終わり

I

続いている公園

彼は二、三日前にその小説を読みはじめた。急用があり一度投げ出したが、農場に戻る列車の中でふたたび手に取ってみた。物語の筋と人物描写が少しずつ興味を引きはじめた。午後は代理人に手紙を書き、農場監督と共同経営のことで話し合った。そのあと、樫の木の公園に面した静かな書斎で本に戻った。不意に人が入って来そうで落ち着かないので、ドアに背をむける格好で愛用のひじ掛けいすに腰をおろし、左手で緑のビロードを撫でながら残りの章を読みはじめた。人物のイメージや名前が頭に残っていたので、たちまち小説の架空の世界に引き込まれた。読み進むうちに、まわりの現実が遠のいてゆく。頭はビロードの背もたれにゆったりもたれかかり、煙草は手の届くところにある。大窓のむこうでは夕暮れの大気が樫の木の下で戯れている。なにか罪深い楽しみを味わっているような気持ちになった。主人公たちは下らないジレンマに悩んでいた。夢中になってストーリーを追っていくうちに、イメージがはっきりと像を結び、色彩と動きを伴うようになった。彼は二人の人物が山小屋で最後の逢引きをするところに立ち合った。最初、女が不安そうに入ってきた。続いて、男が現われた。その男は木の枝で顔に怪我をしていた。女は傷口を舐めてうまく血を止めてやるが、男はじゃけんに撥ねつけた。そこに来たのは、枯葉と間道で守られた世界で秘めやかな情熱の儀式をくり返すためではなかった。胸に押しあてられたナイフは生暖かくなり、その下では自由になりたいという思いが脈動していた。あえぐような会話が何ページにもわたって続く。すべて宿命の定めに従っているように思われた。女は引き止め、思いとどまらせようと男を愛撫する。その愛撫までが、もうひとりの男、どうしても殺さなければならないあの男の体をいまわしくも描き出していた。アリバイ、偶然、犯しかねない過ち、なにひとつ欠けていなかった。そのあと、物語は少しのたるみも見せず展開していく。無慈悲な殺人の計画は、女の手が頰をやさしく愛撫する時も休みなく練りあげられた。

逃れることのできないつとめに縛られた二人は、小屋の戸口で別れる時も顔を見交わさなかった。女は北に抜ける間道を通るはずだった。男が反対の道からちらっと振り返ると、髪を乱して駆けてゆく女の姿が目に入った。男は木々や生垣の間を縫うようにして走り出した。たそがれの葵色の靄の中に、あの屋敷に通じるポプラ並木が浮かび上がった。思ったとおり、犬は吠えなかったし、農場監督もいなかった。三段あるポーチを駆け上がると、屋敷の中に踏み込んだ。耳鳴りとともに女の言葉が聞こえてきた。青い部屋の次はホール、そのむこうに絨毯を敷いた階段があるわ。見上げると、ドアがふたつあった。最初の部屋には誰もいない、二番目の部屋にも。広間のドアが目に入った。ナイフに手がかかったのはその時だ。大窓から光が差し込み、緑のビロードのひじ掛けいすの高い背もたれには、小説を読んでいる男の頭が……。

誰も悪くはない

夏だと世界がひどく身近なものに感じられるのに、寒くなるといつもことが面倒になる。六時半、妻は結婚祝いの品を選ぼうと、ある店で待っているはずだ。もう間に合わない。肌寒かったので、彼はブルーのセーターを着ることにした。グレイの上着に合うものならなんでもよかった。秋になると、セーターを脱いだり着たり、身にそわせたり風を入れたり忙しいことだ。面倒くさそうにタンゴを口笛で吹きながら、彼は開け放した窓から離れた。衣裳ダンスからセーターを引っぱり出して、鏡の前で着はじめたが、うまくいかない。きっと下着がウールのセーターにからみついているのだろう。ねじこむように手を通してゆくと、わずかだが通ってゆき、やっと青いセーターの袖口から指が一本のぞいた。夕方の光を受けたその指は内側に折れまがり、皺だらけで先には尖った黒い爪がついている。驚いてセーターから腕を抜き出して、ひとの手でも見るように眺めた。こうして見ると、べつに変わったところはない。力を抜いて腕をだらりと下におろした。もう一方の袖に手を通したら、案外うまくいくかもしれない。やはりだめだ。セーターのウールがまたしても下着にからみついてくる。そのうえ、いつもと逆の順序で手を通したのでいっそう面倒なことになった。気を紛らわそうともう一度口笛を吹いてみたが、手はいっこうに通らない。なんとか助けてやらないと手が外に出そうにない。ひと思いに着た方がいいだろう。まず、頭をセーターの首のところにもっていく。空いた手をもう一方の袖に入れて、両腕と首を同時に伸ばしてみた。とたんに青い薄闇に包まれて口笛を吹くのがばかばかしくなる。顔が火照《ほて》りはじめた。頭の一部は外に出ているはずだが、額から下はセーターにすっぽり包まれている。手の方も袖の中ほどで止まったままで、いくら力を入れても通らない。着直す時に、ばかばかしい気がして腹を立てたのが悪かったのだ。どうやら手をセーターの首に通し、袖に頭を突っこんでしまったらしい。しかし、それなら手はもっと簡単に通るはずなのに、いくら突っぱっても両手とも少しも前に進まない。青いウールが口や鼻を腹の立つほどつよく締めつけ、思ったよりも息が苦しくなりはじめた。すると、頭の方はもう少しで外に出るのかもしれない。息を大きく吸いこまなくてはならないが、そうすると口のあたりのウールがじっとり濡れてくる。セーターの染料が落ちて顔が青く染まっているにちがいない。さいわいその時、右手が冷たい外気に触れた。左手の方はまだ袖の中だが、少くとも片手は外に出ている。たぶん、右手をセーターの首に通してしまったのだろう。首だと思ったところが袖だったものだから、顔が締めつけられて息が苦しいのだ。それに、右手はすんなり通った。ともかく、息を大きく吸って少しずつ吐きながら手を通していくよりしかたがない。そうすれば、気分も落ち着くだろう。もっとも、セーターの首だか袖のあたりの毛糸の屑を吸いこむ気なら、息をするのに差支えなかった。べつに大騒ぎすることもない。セーターの味、ウールの青い味がする。息をするのでウールがじっとり濡れてきた。おそらく、顔は青い染料に染まっているだろう。まつげがウールにあたって、目を開けようにも痛くて開けられない。ウールの青い色は、濡れた口許や鼻の穴ばかりでなく頰のあたりまで青く染めているのだろう。彼は不安になってきた。約束の時間はもう過ぎてしまった。妻はいまごろ苛々《いらいら》しながら店の入口で待っているはずだ。それはともかく、なんとかしてセーターを着てしまおう。右手がセーターの外に出て、部屋の冷たい空気に触れているのだから、その手を活用しなくては。彼はそうつぶやいた。右手はもう少しだと教えてくれているようだし、その手を背中にまわしてセーターの裾を引っぱってやることもできる。力いっぱいセーターを引っぱって着るというのは古典的な方法だ。ところが背中に回した手はセーターの裾をつかもうとやっきになっているのに、肝心のセーターは首のところですっかり丸まっているらしい。いくら探ってみても、手に触れるのはシャツだけだ。おかげで、シャツに皺が寄り、ズボンからはみ出してしまった。手を前にまわして、セーターの裾を引っぱってみようとするが、これもうまくいかない。胸のあたりを探ってみるが、手に触れるのはやはりシャツばかりだった。セーターは肩口で丸まっているにちがいない。セーターが小さくて肩を通らないのか、そこで団子のようになって動きがとれない。これで納得がいった。へまをやらかしたのだ。片方の手をセーターの首に通し、もう一方の手を袖に入れてしまったのだ。セーターの首は両腕の中間にある。彼の首が左側に少し傾いているのは、袖に頭を突っ込んだせいだ。左手は袖(袖かどうか確かめようがないが)の中でにっちもさっちもいかなくなっている。一方、右手はすでに通っていて、外を自由に動きまわっている。もっともその手にしても、首のところで丸まっているセーターを引き下げることはできない。いすが近くにあれば、腰をおろして休憩できるし、セーターを着るまで楽に息ができるはずだ。そう思うと、なんだかばかばかしくなった。服を着る時はいつも、徒手体操をするようにくるくる回るが、おかげで方角が分からなくなった。こっそりダンスをしているように見えるかもしれないが、踊りたくてしているのではない。必要上そうしているのだから、端《はた》からとやかく言われる筋合いはない。いずれにしても、セーターが着られないのなら、いったん脱いで、手をきちんと袖に入れ、首に頭を差し込むべきだ。ところが、右手はいまさらセーターを着直すなどとんでもないと言わんばかりに、めちゃめちゃに動きまわっている。それでも、思い出したように彼の意思に従って頭のところまで上がって、セーターを上に引っぱりあげる。その時はじめて気づいたのだが、青いウールのセーターは湿気を含んだ息のせいでゴムのように顔に貼りついていた。右手がセーターを引っぱると、耳がもげ、まつげが抜けそうに痛んだ。もう少し加減してやろう。まず左の袖(それが首でなく袖だとして)の中の手をうまく利用しなくてはいけない。そのためには右手の助けを借りて袖に通すか、引き抜くことだ。しかし、両手の動きをうまく合わすことなどとてもできそうにない。左手はネズミ取りにかかったネズミのようだし、外からはもう一匹のネズミが中にいるのを逃がしてやろうとしている。いや、そうじゃない。外のネズミは助けるどころか嚙みついているのだ。突然、袖の中の彼の手に痛みが走った。右手が袖の中の左手に猛然と嚙みついたのだ。痛くて、とてもセーターなど脱げたものではなかった。わなにかかった左のネズミを外に出してやり、頭をセーターの首に通してしまおうとありったけの力をふり絞った。部屋の真ん中でくるくる回転したり、前につんのめったりうしろに反り返ったりしながら、セーターを相手に大立回りを演じた。しかし、そこは部屋の真ん中だろうか？　窓はたしか開け放ってあるはずだ。こんな風に盲滅法に動きまわるのは危険にちがいない。少し休みたいのだが、右手はセーターのことなどお構いなしに動きまわっているし、左手の指は嚙まれたか火傷でもしたように痛みがひどくなりはじめた。それでも左手は彼の言いつけを聞いて、傷ついた指を少しずつ曲げると、肩のところで丸まっているセーターの裾を袖の中からつかんだ。下に引っぱろうとするが、力が入らない。痛くてだめだ。こういう時こそ助けが要るのだが、右手は太腿のあたりをいたずらに這いまわり、ズボンの上から脚をつねったり引っかいたりしている。止めようにも、左手に気を取られて思うにまかせない。たぶん膝をついたのだろう。左手がふたたびセーターを引っぱろうとするが、体はその手に吊り上げられたようになった。急に目や眉、額のあたりになにか冷たいものが触れた。ばかばかしい話だが、目を開ける気がしない。一秒、二秒待った。彼はいまセーターの外の時間、冷たい異質な時間を生きている。ひざまずいたまま、なんて素敵だ、それにしてもありがたいことだと考えながら、唾液に濡れた青いウールから解き放たれた目を少しずつ開いた。薄目を開けると、五つの黒い爪が彼の目に狙いをつけて、今にも襲いかかろうと空中で震えている。あわてて目を閉じると、反り身になって自分の手である左手で目を覆った。自分に残された唯ひとつの手、左手が袖の中から彼を守り、セーターの首を引き上げる。またしても顔が青い唾液に包まれる。どこかへ逃げよう、手もセーターもないところへ逃げよう。そう考えて彼は立ち上がった。自分をやさしく包み、どこまでもつき従ってくれる騒がしい大気へ、十二階の窓の外へ。

河

　セーヌ河に身投げしてやるわ、たしかそんなことを言っていたね。夜もふけ、灯を消すころになるといつもこれだ。シーツにくるまり、手か足でぼくの体に触わりながら、きみは眠そうな声でやりはじめる。目を閉じてふたたび眠りこんでいくぼくの耳にその声が聞こえてくる。ああ、わかったよ、身投げするなり、桟橋から川を眺めるなり好きにするさ。ぼくが眠る前にきみは出て行った。いや、やはり、行かなかったんだね。今、ここで軽い寝息を立てて眠っているもの。セーヌ河で身投げしようと思ったけど、こわくなって止したの。たしかそう言っていた。気がつくと、きみはぼくのそばで寝苦しそうにしていた。セーヌ河の桟橋から身投げした夢か、悲しい夢でも見ているのだろう。以前にもこんなことがあった。愚かしい涙で顔を濡らし、朝の十一時まで眠ると、新聞が届く。そこには、セーヌ河に身投げした人の記事が載っているってわけだ。

　きみはおかしな人だ、悲愴な決意をしたり、ドサ回りの役者が家の戸口を叩いてまわるような格好で歩きまわったりしてさ。下らないおどしをかける、人を脅迫する、かと思うと、ごたいそうな文句を並べて、涙ながらに哀れっぽく身の上話をする、いったいあれは本気なのかい。もっともらしい返事が聞きたければ、それ相応の相手を見つけるがいい。そうしたら、男と女の得も言えぬ悪臭を漂わせた一組の立派な夫婦が生まれるさ。だけど夫婦なんてたがいに相手を傷つけてやろうと目を光らせ、惰性で生きているだけだよ。なのに性懲《しょうこ》りもなく真実を求めるのはいいけど、そいつはなんの実りもない、ヌカミソ臭い代物ってわけさ。ぼくは、だんまりを決めこむことにする。煙草に火をつけ、きみの話に耳を傾ける。なるほど、きみがこぼすのも無理はない、だけど、どうしろって言うんだい。とにかく、ぼくは相も変わらぬきみの呪詛の言葉を子守唄に、眠らせてもらうよ。これでいいんだ。夢見心地にまどろんでいるぼくの目には、下着一枚のあられもない姿でなにやらわめいているきみの姿がぼんやり映っている。その上では、結婚祝いに友人たちからもらったシャンデリアが明るく輝いている。つかみかからんばかりの様子でぼくをなじっているきみの唇は怒りで紫色に変わっている。実を言うと、そんなきみに感謝しているんだよ。おかげで、ぼくの夢は賑やかなものになるんだからね。もっとも、夢に出てくる人は身投げしようなんて考えたりしないけど。

だけど、きみはもっと大きくて広々としたほかの男のベッドで眠ることにしたんだろう。どうして、このベッドにいるんだい。きみはいま、眠っている。片脚を動かすたびに、シーツはちがった図を描く。少し怒っているみたいだけど、疲れて機嫌が悪いのかな。軽い小さな寝息を立てている口元には、さげすむような表情が浮かんでいる。きみがあんな脅しをかけたりしなかったら、きっときみを美しいと思っただろうな。眠ると、気持ちもほぐれるし、ぼくだってきみを愛してやろうと思うかもしれない。そうしたら、わだかまりも解けて、しばらくはうまくやっていけるはずだ。すべてが、この夜明けの薄闇よりはもう少しはっきりしたものになるだろう。おや、一番電車がガラガラ騒々しい音を立てて走り出した。鶏の奴まで、あの身の毛のよだつような柔順ぶりを発揮して、気味の悪い鳴き声を立てはじめた。何度も同じことを訊《き》くのはいやだけど、さっき眠ろうとした時、ドアをバタンと閉めて出て行ったのはきみかい。きみの体に触れたいと思うのは、きっとそのせいだ。いや、なにも疑っているんじゃない。どこにも行かなかったね。風のせいなんだ、ドアが閉まったのは、きっと夢でも見たんだろう。こうしてきみの体に触れているのは、さっきベッドの足元でわめき散らしていたからじゃない。夜明けの薄闇、その緑の闇の中で、震え拒んでいるきみの肩のあたりを撫でるのは楽しいものだ。きみの体はシーツに半ば隠されている。ぼくの指は、滑らかな喉の線に沿って下がってゆく。かがみこんで、夜とシロップの香のするきみの息を吸う。いつの間にか、きみを腕の中に抱きしめている。呻き声をあげると、きみはまるで拒もうとするように体を反らせる。これが単なる遊びでないことは分かっているはずだ。ぼくは喘《あえ》ぐようにささやきかけ、唇をかさねようとする。きみはそれを許してはいけない。だが、眠っている間に抱きしめられたので、いくらあがいてもぼくの手から逃れられない。いま、もつれ合った白と黒の糸玉のようにひとつにからみ合い、水差しの中の二匹のクモのように、ぼくたちは闘っている。きみの体をわずかに覆っているシーツの下に、一瞬閃光が走る。光は空気を切り裂き、闇の中に消える。夜明けは素裸の二人を包みこみ、一個の震える物体に変えて、結び合わせる。だが、きみは執拗に抵抗する。体を丸めたかと思うと、両腕をぼくの頭の上に突き出してみたり、稲妻のように両腿を開くと、すぐに脚を閉じぼくの体をはさみこんで、すごい力で締めつける。きみを支配しようと思えば、焦ってはいけない。いつものように、儀式を執り行なうつもりで優しくすることだ。ぼくは怪我をさせないよう、か細いその腕を折り曲げる。固く手を握りしめ、目を大きく見開いているきみを喜ばそうと全力を尽くす。ついに、きみの律動はゆるやかなものに変わる。それは、波紋や、水底からぼくの顔にたちのぼってくる泡を思わせる。ぼくは何気なく枕の上の髪を撫でてみる。緑の薄闇の中で、手を見ると、どうしたことか水がしたたり落ちている。きみはいま、河から引き上げられたばかりなのだ。きみの横に体を横たえる前に、それが分かった。むろん、もう手遅れだ。きみはいま、桟橋の石の上に横たえられ、そのまわりを靴や話し声が取り囲んでいる。きみは髪をびっしょり濡らしたまま、目を大きく見開き、素裸であおむけに横たわっている。

殺虫剤

土曜日の昼に、カルロスおじさんが蟻を退治する機械をもってやってきた。前の日の食事の時に、機械をもってくると言っていたので、ぼくと妹はきっと大きくておっかないものだろうなと思って待っていた。バンフィールドの蟻はほんとに厄介者だ。あの黒い蟻はなんでも食べてしまうし、地面や台石、家が地中にめりこむような不思議な場所に巣穴を作る。巣穴は人目につかないが、葉っぱの切れ端を運んで移動する黒い列ならすぐに見つかる。その葉っぱが庭の草木のものだったから、母さんとカルロスおじさんは機械を買って蟻を退治することにしたのだ。

あの日のことは今でもよく覚えている。ロドリーゲス・ペーニャ街を通ってやってくるおじさんを見つけたのは妹だった。駅から二輪馬車でやってくるおじさんを目ざとく見つけた妹は、カルロスおじさんが機械をもって来たわよ、と大声で叫びながら横の路地から駆け込んできた。ぼくはリラの家の横に植わっているイボタの木のところから、金網ごしに彼女としゃべっていた。女の子は機械や蟻なんかに興味がないので、今日の午後、機械の試運転をするんだと言っても、リラはべつに驚いた顔もしなかった。ただ、機械から吹き出す煙が家中の蟻を退治しちゃうんだ、と言った時だけは目を輝かせた。

　妹の声が聞こえたので、ぼくは機械を下ろす手伝いをしなきゃと言い残して、シッティング・ブル（白人による狩猟地侵略に抵抗して米軍と戦った北米先住民スー族の首長）のような喊声《かんせい》をあげながら独特の走り方で路地を駆けぬけた。それは、当時ぼくが考え出した走り方で、ボールを蹴るみたいに膝を曲げずに走っていく。そうするとあまり疲れないし、宙を飛んでいるような感じがするのだ。ただ、あの頃、毎晩のように夢にみた宙を飛ぶ感じとは較べものにならなかった。夢の中だと、足を曲げ、腰を少しひねるだけで、地上二十センチばかりのところをふわふわ飛んでいく。その素敵なことといったらとても口では言えない。少し高く浮かび上がったり、地上をかすめたりしながら果てしなく続く通りを飛んでいく。自分では目が覚めているつもりなのだ。これは夢じゃない、ほんとうに飛んでいるんだ。前のは夢だったが、今度こそまちがいなく宙を飛んでいるんだ。困ったことに、それが夢なのだ。目が覚めたとたんに、ぼくは地上に落下する。すっかりしょげ返って、歩くか駆け出すかして部屋を出ていくが、飛び上がるたびに床に落ちてしまう。爪革《つまがわ》のついたケッヅ・

チャンピオンのゴムの運動靴をはいて走ると、夢の飛行に似た感じがするが、夢とはやはり比べものにならなかった。

母さんとおばあさんは、カルロスおじさんや御者を相手に戸口のところでしゃべっていた。ぼくは期待を長びかせるのが楽しいものだから、わざとゆっくり近づいていって、妹といっしょに厚紙で包装したうえに丈夫な紐の沢山かけてある包みを眺めた。その包みを御者とカルロスおじさんが二人で歩道に降ろした。機械の一部だと思っていたのが、じつは本体だと分かり、あまり小さいのでがっかりした。だけど、カルロスおじさんと二人で家の中に運び込んだ時、ずっしり重かったので、これなら大丈夫だと安心した。母さんとカルロスおじさんは、殺虫剤の包みを解いていたので、ぼくは自分で麻糸をほどき、包みをはがした。家に入る時、缶に触っちゃだめだよ、これにさわって大勢の子供がひどく苦しんで死んだんだからねと言われた。妹は恐ろしくなったのかすっかり興味をなくして、部屋の隅で小さくなっていた。ぼくは母さんと顔を見合わせて笑った。ぼくだったら、殺虫剤が入っていても機械に触らせてもらえるはずだ。くるくるまわる車輪に蒸気を吹き出す笛のついたあの機械はスマートとは言えない。どう見ても、蟻を退治する機械という感じはしなかった。あれじゃ、まるで黒い鉄のストーブだ。そこには三本の曲がった脚と、火と殺虫剤を入れる口がひとつずつついている。上からは、青虫の胴体みたいな自在に動く金属のパイプが突き出していて、そこに口金のついたゴムのホースを差し込むようになっていた。昼食の時に、母さんが使用説明書を読み上げた。殺虫剤にふれた個所にくるたびに、みんなは妹の方をふり返った。おばあさんは、フローレスじゃ缶に触って子供が三人も死んだんだよ、とさっきと同じことをくり返した。それまでにぼくたちは缶の蓋についているドクロのマークを見ていた。カルロスおじさんは古いスプーンを探してくると、これは殺虫剤用に使うことにする、それから機械の部品は物置の上の棚にしまっておくよと言った。もう一月に入っていたので外は暑かった。西瓜はよく冷えていたが、その黒い種を見てぼくは蟻のことを考えた。

お昼寝《シエスタ》のあいだ、妹は『ビリケン』を読み、ぼくは切手の整理をしていたので、大人だけが昼寝をしていた。お昼寝《シエスタ》が済むと、カルロスおじさんは東屋《あずまや》まで機械を運んだが、ハンモックを吊るすその東屋にはしょっちゅう蟻の巣穴が顔をのぞかせるのだ。おばあさんは炉に入れる炭火をおこし、ぼくは古い洗面器の中でとてもきれいな泥をこねた。お母さんと妹は籐いすに腰をおろして、眺めていた。リラがイボタの木のところからのぞいていたので、こちらにおいでよと言うと、お母さんが許してくれないの、でもここからでもよく見えるわと答えた。庭の反対側からネグリ家の娘たちがのぞいていたが、いけすかない女の子だったのでいっしょに遊ばないことにしていた。チョラ、エラ、クフィナと呼ばれているあの三人は気立ては悪くなかったが、間が抜けていた。おばあさんはあの三人に同情的だった。だけど、ぼくと妹のけんか相手ということもあって、母さんは彼女たちを家に呼ばなかった。三人姉妹は人にやたら命令するくせに、自分じゃ石蹴りも、ビー玉も、警官ごっこも、沈没船ごっこもできないのだ。ただ、ばかみたいに笑ったり面白くもなんともない話をべらべらしゃべるだけだった。お父さんは市会議員をしていて、茶褐色のオーピントン種の鶏を飼っている。ぼくたちの家ではロード・アイランド種を飼っているが、卵はこちらの方がよく生む。

庭と果樹の緑の中に置くと、黒い機械は以前よりも大きく見えた。カルロスおじさんは機械に炭火を入れ、暖まるまでの間に巣穴をひとつ選び出して、ホースの先を差し込んだ。説明書に、強く踏みつけると、蟻の通路がふさがると書いてあったので、ぼくはそのまわりに泥土をかけ、軽く押さえた。そのあと、おじさんは殺虫剤の投入れ口を開き、缶とスプーンを持ってきた。殺虫剤はきれいな紫色をしていた。薬を大さじ一杯入れると、すぐに機械の口を閉めなくてはいけない。とたんに、機械は唸り声をあげて作動しはじめた。ぼくは体がぞくぞくした。ホースの口金のまわりから白い煙が吹き出してきたので、もう一度泥をかけると手で押さえた。機械が動き出したのですっかり機嫌をよくしたおじさんは、「これで蟻は退治できるぞ」と言った。ぼくは肘まで泥まみれになっておじさんの横に並んだ。いかにも男らしい仕事だった。

「巣穴をいぶすのにどれくらいかかるの?」と母さんがたずねた。

「三十分くらいかな」とカルロスおじさんが答えた。「中にはびっくりするほど長いのもあるんだ」

すると、二、三メートルくらいだろうな、あんなに沢山巣穴があるんだからそう長いはずがないとぼくは思った。ちょうどその時、クフィナが駅までも届きそうな例の金切り声でわめきはじめ、ネグリ家の人たちも花壇の横から煙が出ていると言いながら庭にとび出してきた。はじめはそんなばかなと思ったけれど、ほんとうだった。今度はリラが、家の桃の木の横から煙が出はじめたわ、とイボタの木のところから教えてくれた。カルロスおじさんはしばらく考えてから、ネグリ家の金網にゆくと、三人の中でいちばん腰の軽いチョラに、煙の出ているところに泥をかけてくれないかと頼んだ。ぼくは金網を飛び越えるとリラのところへ行き、巣穴をふさいだ。今度は、鶏小屋、白いドアの向こう、家の側壁の根元といったべつの場所から煙が出はじめた。母さんと妹は穴をふさぐのを手伝ってくれた。地面の下では大量の煙が出口を求めて渦をまき、煙にまかれた蟻はフローレスの子供たちのように苦しみもだえている。そう考えると身の毛のよだつような思いがした。

その日は暗くなるまで仕事をした。妹は煙が吹き出さなかったかどうか近所の家に尋ねにやらされた。あたりが暗くなって、ようやく機械は止まった。ぼくは巣穴からホースの先を引き抜くと、鏝《こて》で少し掘ってみた。中は紫色に染まり、無数の蟻の死骸が転がっていた。硫黄の臭いが鼻をついた。埋葬する時のように、上から土をかけてやった。五千匹くらい死んだはずだ。もうお風呂でシャワーを浴び、食事の用意をする時間になっていたので、みんなは家の中にいた。カルロスおじさんとぼくは残って機械の点検をすませたあと、しまいこんだ。付属品を物置にしまってもいい？　とぼくが尋ねると、おじさんは、ああいいよ、と言ってくれた。缶とスプーンに触ったので心配になって、水で手をきれいに洗った。もっとも、スプーンの方はその前に洗ってあった。

次の日の日曜日に、ロサおばさんがいとこたちを連れてやってきた。ぼくは妹と、お母さんの許しをもらってきたリラと三人で一日中警官ごっこをして遊んだ。夜になると、ロサおばさんが、いとこのウゴをここに一週間ばかり置いてやってもらえないだろうかと言い出した。母さんが、ええ、いいですとも、と答えたので、ぼくたちは大喜びした。ウゴはぼくの部屋で寝ることになった。月曜日に女中さんが一週間分の着換えを持ってやってきた。ぼくたちはいっしょにシャワーを浴びた。ウゴはぼくより沢山お話を知っていたけれど、飛びっこではぼくの方がうえだった。ウゴは都会っ子だったのだ。入学試験の準備があったので、着換えといっしょに、植物学の本が一冊にサルガリの本が二冊届けられた。本の間にはしおりの代わりに孔雀の羽がはさんであったが、ぼくが孔雀の羽を見たのはそれがはじめてだった。緑色の地に金の飛沫の飛んでいるその羽には、紫とブルーの目がひとつついていた。羽を見つけた妹が欲しいと言うとウゴは、これはお母さんにもらったものだからあげるわけにはいかないと断った。妹には手も触れさせなかったが、ぼくには触らせてくれた。そんな時は羽の軸を持つことにしていたが、彼はぼくを信用してくれていたのだ。

カルロスおじさんが事務所に出かけていったので、それからしばらくは機械を動かさなかった。よかったらぼくが動かしてやってもいいよと言うと、母さんは、土曜日までお待ち、今週は乳香樹もそう多くないし、蟻だって前ほどは見かけないからねと答えた。

「五千匹くらい減ったよ」と教えてやると、母さんは笑いながら、お前の言うとおりだねと言った。やはり機械は動かさないでよかった。ウゴは、ドアを開けて家の中をのぞき込みかねないほど好奇心の強い子だから、機械を動かすと言えば、きっと興味を示すだろう。とくに殺虫剤を扱う時は、手伝ってもらわない方がいい。

日射病にかかるといけないから、お昼寝の時間は家でおとなしくしているんですよと言われた。ぼくがウゴと遊ぶようになってから、妹はぼくたちにつきまとうようになり、遊びをはじめるといつもウゴと組もうとした。ビー玉だとあの二人に負けないけど、拳玉はどういうわけかウゴがとても上手なので、ぼくは負けてばかりいた。妹はしょっちゅうウゴを持ち上げるが、ゆくゆくはお婿さんにでもなってもらうつもりでいたのだろう。母さんに言いつけてやればお仕置をくらったにちがいないが、どう告げ口していいか分からなかったし、それにべつに悪いことをしているわけではなかった。ウゴは陰で妹のことをあざ笑っていた。そんな態度を見ると、ぼくは彼を抱きしめたくなるが、いつも遊んでいる時とか、勝ち負けを争っている時なので、抱きしめるわけにはいかなかった。

二時から五時までがお昼寝《シエスタ》の時間だが、その間は部屋でおとなしく好きなことをしていればよかった。ぼくはウゴと二人で切手に目を通し、同じのがあると彼にあげた。国別に分類する方法を教えてやると、ぼくも来年は、アメリカのだけできみと同じようなコレクションを作ってみるつもりだと言った。動物の絵が入ったカメルーンの切手がだんだん少なくなっていた。そのことを話すと、だから収集が大切なんだよと答え返した。妹は、切手のキの字も知らないくせに、ウゴの言う通りだわと調子を合わせていたが、あれはぼくに逆らうつもりで言ったのだ。三時頃になるとリラがイボタの木を飛び越えてやってくる。彼女は妹とちがってぼくの味方になってくれたし、ヨーロッパの切手が好きだった。以前いろいろな切手を封筒に入れて、あげたことがあるが、彼女は今でもそのことを忘れていない。彼女の話だと、お父さんは切手の収集を手伝ってやると言ったそうだが、お母さんが反対したので、あの封筒は戸棚にしまってあるとのことだった。切手の収集は女の子のするものじゃないし、切手にはバイキンがうようよしているというのがお母さんの反対の理由だった。

騒いで叱られるのがいやだったので、リラがくると、ぼくたちは家の奥へいき、果樹の下に寝そべった。ネグリの娘たちも家の庭を歩きまわっていた。あの三人はウゴにお熱をあげていたのだ。彼女たちは例の鼻にかかった声を張りあげてしゃべっていた。クフィナは、「糸の入っている裁縫箱はどこ?」ととりわけ大きな声でたずねた。エラがなにか言うと、とたんにけんかがはじまったが、あれはぼくたちの気を引くためだったのだ。幸い、そのあたりはイボタの木が密生していて向こうがよく見えなかった。彼女たちの声が聞こえると、ぼくたちはリラといっしょに笑いころげた。ウゴが鼻をつまんで、「マテ茶わかしはどこなの?」とたずねると、長女のチョラが「今年は無作法な子がなんて多いのかしら」とやり返した。相手にならず、好きにさせておく方がよかったので、ぼくたちは口に草をつめこんで、笑いをこらえた。そのあと、ぼくたちが鬼ごっこをしていると、ひどく怒り出して、おしまいはお互い同士でけんかをはじめた。とうとう向こうのおばさんが出てきて、三人をひっぱたくと泣いているのをむりやり家の中にひっぱり込んだ。

ほかのものがいる時は、兄妹同志で遊んでも面白くないので、ぼくはリラと仲間になることにしていた。すると妹は早速ウゴを探してきて仲間になった。ビー玉をすると、リラとぼくの組の方が強かった。ただウゴの言う遊びもしてやらなくてはいけないが、それだと警官ごっこをすることになる。なにをしてもすごく楽しかった。ただ大声をあげられないのが物足りなかった。声を出さないと、遊びの楽しさが半減してしまう。隠れんぼをするといつもぼくが鬼になる。どうしてだか、くるくる回ったあとうしろから鬼さんこちらと言われると、いつもまちがえてしまうのだ。五時になるとおばあさんが出てきて、ほらほら、そんなに汗をかいて、あまり日にあたるとよくないんだよと言ってぼくたちを叱りつける。だけどぼくたちは、家族のものでないウゴやリラといっしょにおばあさんを笑わせたり、口づけをしてあげたりする。そんな時、おばあさんは必ず物置の棚をちらっとながめた。きっと、おばあさんはぼくたちが機械の付属品をいじったんじゃないかと心配していたのだ。だけど、フローレスの子供たちの話を聞かされていたし、そのうえお仕置をくらうとわかっていたので、誰もそんなばかなことを考えたりしなかった。

　時々、ぼくはひとりになりたくなる。そんな時はリラだってそばにいて欲しくない。とくに、夕方おばあさんが白いエプロンをして庭に水を撒《ま》きはじめる前がそうだった。その頃になると、地面はもう熱くなかったが、スイカズラの強い芳香やトマト畑の匂いがしてくる。トマト畑には水路があり、他とはちがった虫がいた。うつぶせに寝そべって、大地の匂いを嗅ぐのはとても気持ちがよかった。夏特有の匂いを放つ暖かい大地はぼくの体の下にある。そこに寝そべっていろいろなことを思い浮かべる。あの時は蟻の巣穴を見たあとだったので、ぼくは蟻のことばかり考えていた。巣穴は地面の下を縦横に走っているが、それを見た人はいない。脚の血管みたいに皮膚の上からは見えない。だけど、その中を蟻と神秘が行き交っているのだ。機械から吹き出す煙を吸うかわりに、殺虫剤を少し飲んでも結果は同じだ。殺虫剤は、地下を走る煙のように体中の血管を駆けめぐるだろう。結局同じことなのだ。

しばらくすると、ひとりでいるのにも、トマトにつく虫を調べるのにもあきてしまった。ぼくは白いドアのところまでいくと、バッファロー・ビル（一八四六―一九一七。アメリカ西部開拓者）のように全速力で駆け出す。チサの花壇が目に入ると、それを一気に飛び越える。まわりの芝草に触りもしない。ぼくとウゴが空気銃で的を狙ったり、ハンモックに揺られて遊んでいると、水泳から帰ってきた妹やリラがきれいな服を着てやってくる。むろん、ぼくとウゴも泳ぎに行った。日が暮れると、ぼくたちは表に出たが、妹は部屋でピアノを弾くこともあった。ぼくたちは、手すりに腰をおろし、カルロスおじさんが戻ってくるまでの間、勤め帰りの人たちをながめた。おじさんが帰ってくるとお帰りなさいと言いながら、バラ色の紐のかかった包みか『ビリケン』でも持っていないかと目を光らせた。いつものようにドアまで走った時、リラが石につまずいて膝をすりむいた。かわいそうに、リラは泣くまいとしてこらえていたけれど、その目から涙があふれていた。あそこのお母さんは厳しい人だから、けがをしたと分かれば、きっとこのお転婆娘とかなんとか言って叱りつけるにちがいない。ウゴとぼくは手を組み合わせて馬を作ると、白いドアのそばまで運んでやった。その間に、妹はこっそり布と消毒液を探しにいった。ウゴはもっともらしい顔をして治療しようとするし、妹まで彼の真似をして同じことをしかけたので、ぼくは二人を押しのけると、少しの辛抱だよ、なんなら目をつむってもいいんだよとリラに言ってやった。だけど、彼女は目をつむろうとしなかった。消毒液を塗る時も、勇気のあるところを見せようとしたのかウゴの顔をじっと見つめていた。ぼくは傷口に強く息を吹きかけると、包帯を巻いてあげたが、そうすると具合がよくなって、もう痛まないようだった。

「お母さんに叱られるといけないから、早く帰った方がいいわ」と妹が言った。

リラが帰ると、ウゴと妹はオルケスタ・ティピカ（有名なタンゴの楽団）の話をはじめた。映画でデ・カロ（フリオ・デ・カロ、一八九九—一九八〇年。アルゼンチンの有名なタンゴ作曲家）を見たことのあるウゴは、妹にピアノを弾かせようと思って、口笛でタンゴを吹いていた。ぼくは退屈だったので、部屋に戻ると切手帳を引っぱり出した。その間も、ひょっとしてリラはお母さんに叱られて泣いているかもしれないとか、傷口が化膿しているんじゃないかと考えていた。消毒液を塗った時のリラはとても勇敢だったし、泣かずにウゴをじっと見つめていたのは立派だった。

ナイト・テーブルの上の植物学の本の間から、孔雀の羽の軸がのぞいていた。ぼくなら触ってもいいと言ってたので、そっと抜き出すと、よく見えるように明かりのそばに近寄った。それはなんとも言えないほど美しい羽だった。ちょっとみると緑色の池の水を思わせるが、それとは比較にならないほど美しかった。あの輝くような緑は、長い触角の先にふわふわした毛玉をつけたスモモにつく毛虫の色だ。羽の広くなった部分は緑がいっそう濃くなっていて、その真ん中には紫とブルーの目がひとつあり、全体に金の飛沫がとんでいた。ほんとうに美しい羽だった。なぜあの鳥が孔雀と呼ばれるのか、ようやく納得がいった。羽を見つめていると、小説に書いてありそうな妙な考えが浮かんできた。こっそり自分のものにしたくなったので、羽を下に置いた。ぼくはこうして羽や切手で楽しんでいるけれど、リラはひょっとしたら、厳しい両親のいる薄暗いあの家でひとりぼくたちのことを考えているのかもしれない。こんなものはしまいこんで、勇敢で不幸なリラのことを考えてやろう。ぼくはそう思った。

その夜は、なかなか寝つけなかった。リラは具合が悪くなって、熱を出している。そんな考えが頭から離れなかった。母さんに頼んで、向こうのお母さんに尋ねてもらおうかと思ったけれど、それはできない。第一、ウゴに笑われるし、母さんだって、リラがけがをしたのに何も言わなかったと分かったら怒り出すに決まっている。いつものように眠ろうとしたけれど、寝つけなかった。明日の朝、リラの家へ行って様子を尋ねてみるか、イボタの木のところから呼んでみることにした。リラやバッファロー・ビルのこと、蟻の機械のことを考えているうちに眠り込んでしまったけれど、やはりリラのことが一番気にかかっていた。

翌朝は人より早く起きて、藤棚のそばにある自分の庭へ行った。その庭は、おばあさんが好きなように使っていいよと言って、ぼくにくれたものだった。以前はクサヨシやサツマイモを植えたこともあったけれど、いまは花の方が好きなのでお気に入りのクチナシを植えてある。その花は夜になるととりわけつよい芳香を放つ。母さんは、お前のクチナシが家中でいちばんきれいだよ、と口ぐせのように言っていた。園芸用のスコップで、いちばん立派なクチナシのまわりの土をゆっくり起こし、根に土をつけたまま掘り出した。そのあと、リラを呼びに行くと、彼女はもう起きていて、膝はほとんど痛まないと言った。

「ウゴは明日帰るの?」と彼女が尋ねた。ああ、そうだよ、入学試験があるからブエノスアイレスで勉強を続けなくちゃいけないんだ、とぼくは教えてやった。いいものを持ってきてあげたよと言うと、いいものって、なんなのと訊《き》いた。ぼくはイボタの木の間からクチナシを差し出して、これをあげるよ。きみも自分の庭を作ったらどう? ぼくが手伝ってあげるからと言うと、リラは、きれいなクチナシねと答えたあとお母さんの許可をもらってきた。ぼくはイボタの木を飛び越えると、クチナシを植えるのを手伝ってあげた。二人は小さな花壇を選び出し、そこに植わっている枯れかけた菊を引き抜いた。ぼくは土を起こし、花壇の形を変えてあげた。リラはそのあと、花壇の真ん中を指さして、クチナシを植えるならここがいいわと言った。花を植えたあと、じょうろで水を撒いた。そうするといかにも庭らしくなった。あとは牧草を少し手に入れるだけだが、それはべつに急がなかった。リラはとても喜んでいたし、傷の方も痛まなかった。二人で作った庭をウゴや妹にも早く見せてあげたいわと言ったので、ぼくがあの二人を探しに行こうとすると、母さんがミルクコーヒーを飲みにいらっしゃいと言った。ネグリ家の娘たちが庭で言い争いをしていた。クフィナは例によってかん高い声でわめいていたが、こんな素敵な朝なのに、どうしてあの子たちはけんかなんかするんだろう。

　ウゴは土曜日の午後、ブエノスアイレスに戻ることになった。カルロスおじさんが、機械は日曜日に動かすことにしようと言ったので、ぼくは内心ほっとした。あの機械は、おじさんとぼくの二人で動かす方がいい。ウゴが殺虫剤で中毒でもおこしたら大変だ。しばらくの間ウゴと同じ部屋で寝起きしたので、今日の午後でお別れかと思うと少し寂しかった。彼はいろいろなお話や冒険物語を知っていた。妹の方はひどいショックを受けて、まるで夢遊病者みたいに家の中を歩き回っていた。母さんが、どうかしたのかいと尋ねると、なんでもないわと強がりを言った。だけど、なんとも言いようのない顔をしていたので、母さんは妹をまじまじと見つめ、近頃の子ときたら、自分じゃ鼻ひとつ満足にかめやしないくせに、一人前のつもりなんだからねとこぼした。偶然ぼくは、妹ががばかな真似をしているのを見つけた。色チョークで中庭の黒板にウゴの名前を書いていたのだ。ぼくの方を横目でにらみながら、ウゴの名前を書いたり消したりしていたが、そのたびに書体やチョークの色を変えた。そのあと、ハートに矢のささった絵を描きはじめたので、ぼくはそこを立ち去った。そうしないと、妹をひっぱたくか、母さんに言いつけるより仕方がなくなるからだ。おまけに、その日リラはいつもより早く家に帰った。怪我のせいで遅くまで遊んじゃいけないとお母さんに言われていたのだ。ウゴが、五時にブエノスアイレスから迎えがくるのに、どうしてそれまでいてくれないのと尋ねると、リラは、だめなのと言ったきり、お別れも言わずに駆けていった。迎えがくると、ウゴはリラと彼女のお母さんにお別れの挨拶をしに行った。そのあとぼくたちにお別れを言うと、次の週末にはまた戻ってくるよと言ってとても嬉しそうに帰っていった。その夜、ひとり部屋にいるとなんだか少し寂しかった。だけど、これでなにもかもふたたび自分のものになった、明かりだって消したい時に消せるんだ、そう思うとまた嬉しくなった。

日曜日の朝、目が覚めると、母さんが金網越しにネグリ氏と話している声が聞こえた。ぼくはそばにいき朝の挨拶をした。ネグリ氏は、先日機械を動かした時に煙の吹き出した花壇のチサがみんなしおれているんですよ、とこぼしていた。母さんは、それはおかしいですわね、機械の説明書には、煙は植物に無害と書いてありましたけどと言った。するとネグリ氏は、説明書なんてあてになるもんですか。薬と同じですよ、効能書を読むと万病に効くはずなのに、ひとつ間違うと命を取られかねないんですから、とやり返した。母さんも負けずに、ひょっとしてお宅のお嬢さんのどなたかがうっかりして花壇に石けん水を撒かれたんじゃありません、と言い返した(母さんはうっかりしてと言ったけれど、ほんとうはわざとしたと言いたいのだ。あの子たちときたら役立たずのうえに、騒ぎをおこすのが好きなのだ)。ネグリ氏は、ひとつ調べてみましょう、それにしてもなんですな、機械のせいで植物が枯れるんじゃあ、あそこまで御苦労なさることもないんじゃないですか、と厭味を言った。母さんは、チサが枯れるくらいのことで、蟻に庭を荒らされるのを黙って見過ごすわけにはゆきませんわ、とピシャリときめつけた。そうそう、今日の午後もう一度機械を動かすつもりですの、もし煙が吹き出すようでしたらお知らせ下さい、御迷惑のかからないようこちらから巣穴をふさぎにまいりますので、とつけ足した。おばあさんがコーヒーを飲みにおいでと言ったので、そのあと二人がどんなことを話したか分からない。だけど、また蟻を退治するのだと思うとぼくはとても嬉しかった。午前中はラッフルズを読んで過ごしたけれど、あれはバッファロー・ビルやその他の小説ほど面白くなかった。

妹はいつものように、歌をうたいながら家の中を歩きまわっていた。色鉛筆で絵を描こうと思いついて、ぼくの部屋にやってきた。こちらが気づく前に、妹はぼくのしていることを盗み見してしまった。ぼくは所かまわず自分の名前を書くのが好きなのだが、たまたまその時はリラの名前を並べて書いたところだった。あわてて本を閉じたが、手遅れだった。妹は大きな声で笑いはじめた。そのあと、憐れむようにぼくを見たので、飛びかかっていくと、悲鳴をあげた。母さんの足音が聞こえたので、ぼくは庭に出たけど、腹が立って仕方がなかった。昼食の間、妹はあざけるようにぼくの方を見ていた。テーブルの下から蹴りつけてやろうかと思ったけれど、大声を出されると困るし、午後には機械を動かすことになっていたので、ぼくは何も言わずがまんした。お昼寝《シエスタ》の時間は、柳の木にのぼって、本を読んだりいろんなことを考えた。四時半にカルロスおじさんが起きてきたので、マテ茶をたて、そのあと機械の用意をした。ぼくは泥を洗面器に二杯つくった。外は暑かったので、母さんたちは家の中にいた。炭火を入れた機械のそばにいるとすごく暑かった。だけどそんな時には、熱くて苦いマテ茶がなによりの飲物だ。

どうやら蟻は庭の奥の、鶏小屋の近くに逃げこんだらしく、乳香樹が大分やられていた。ぼくたちはそこに機械を運んだ。いちばん大きな巣穴にホースの先を差しこむと、とたんにあちこちから煙が出はじめた。おしまいには、鶏小屋の床のレンガの間からも吹き出してきた。ぼくは走りまわって穴をふさいだ。泥をかけて、煙が出なくなるまで手で押さえつけるのは楽しい仕事だった。カルロスおじさんはネグリ家の金網のところからのぞきこんで、あの三人の中でいちばんまともなチョラに、お宅の庭からは煙が出ていませんかと尋ねた。カルロスおじさんをとても尊敬しているクフィナが、大騒ぎしてその辺を調べてまわった。だけど、煙は出ていなかった。その時、リラの呼ぶ声が聞こえたので、ぼくはイボタの木のところまで走っていった。彼女はぼくの大好きなオレンジ色の水玉模様の服を着て、膝には包帯を巻いていた。わたしの庭から煙が出ているの、と大きな声で言ったので、洗面器をもって金網を飛び越えた。庭の様子を見にゆくと、あなたたちがネグリの娘さんと話している声が聞こえたの、ちょうどその時、植えかえたクチナシの横から煙が出はじめたのよ、とリラは泣き声で言った。ぼくは跪くと思いきり泥をかけた。植えたばかりのクチナシの横から煙が吹き出している。説明書には無害とあったけど、ひょっとして枯れるかもしれなかった。リラの庭の二、三メートル手前でなんとか蟻の通路を遮断することはできないかと考えた。だけど、ひとまず泥をかけて煙の出ないように出口をふさいだ。リラは本を手にもって日影にすわり、ぼくの様子を見ていた。ぼくはそんなふうに見られているのが嬉しかった。泥をたっぷりかぶせておいたので、もう煙は吹き出さないはずだ。それが終わるとリラのそばへいき、シャベルはないのと尋ねた。手前で通路を遮断して、殺虫剤の煙がクチナシのところまで行かないようにするつもりだった。リラは立ち上がって、シャベルを探しに行った。リラのなかなか戻ってこないので、ぼくは絵物語がのっている彼女の本に目をやった。本の間に美しい孔雀の羽がはさんであるのに気がついて、ぼくはびっくりした。孔雀の羽を持っているなんてリラは一度も言わなかった。カルロスおじさんが穴をふさぎにくるようにと言っていたけれど、ぼくは羽に見とれていた。あれはウゴの羽とは違うはずだ。それにしてもよく似ている。まるで同じ孔雀から取ったみたいだ。緑の地に金の飛沫が飛び、紫とブルーの目がついている。リラがシャベルを持ってきたので、あの羽はどうしたのと尋ねた。ぼくは、ウゴも同じような羽を持っていたと教えてやるつもりだったのだ。彼女は顔をパッと赤らめると、お別れを言いにきた時に、ウゴがくれたのだと言った。最初、ぼくは彼女が何を言っているのか分からなかった。

「家に沢山あるんだって言ってたわ」と言い訳でもするように、ぼくの顔を見ないでつけ足した。イボタの木の向こうから、カルロスおじさんがさっきより大きな声でぼくを呼んだので、リラから渡されたシャベルを投げ棄てると、金網のところに戻った。リラはぼくの名を呼んで、わたしの庭からまた煙が出てきたわと言っていた。ぼくは金網を飛び越えると、家にもどった。イボタの木の間からのぞくと、彼女は孔雀の羽が少しのぞいている本をもったまま泣いていた。煙はいま、あのクチナシの真横から吹き出している。あのぶんでは根は殺虫剤の煙にまかれているはずだ。カルロスおじさんがネグリ家の娘たちと話している隙に、ぼくは機械のそばに近づいた。殺虫剤の缶の蓋をあけると、スプーンに二、三杯機械に投げこみ口を閉めた。これで、煙は巣穴の奥まで行きわたり、蟻を一匹残らず退治するはずだ。庭の蟻を一匹のこらず殺してしまうはずだ。

いまいましいドア

ホテル・セルバンテスはひっそりと静まり返った陰気なホテルだったが、ペトローネはそこが気に入った。ラプラタ河を渡す船の中で知り合った男が、モンテビデオの中心にあるからといって勧めてくれたのだ。ペトローネは二階の受付のちょうど向かいにあるバス付きの部屋を借りた。門衛室のキーボードを一目見て泊り客がほとんどいないことが分かった。鍵には、部屋の番号を打ったブロンズの重い円盤がついていたが、ホテル側としてはそれで客がもち帰るのを防ぐつもりだったのだろう。

エレベーターは受付の前に止まり、そこには新聞のスタンドと電話台が置いてある。彼の部屋はそこから二、三メートルのところにあった。日当たりも換気も悪かったが、熱い湯が出るので救われた。部屋の小さな窓は隣の映画館の屋上に向かって開かれ、時々鳩が姿を見せる。バス・ルームにはそれより大きな窓がついているが、壁と遠くの空の一部が見えるだけなので、開いても気が滅入るばかりだ。家具だけはいいものがそろっていた。引出しや飾り棚はもちろん、ハンガーも珍しいことに沢山あった。

ホテルの支配人というのは痩せて背が高く、頭が禿げ金縁の眼鏡をかけていた。彼はウルグアイ人らしいよく通る声で、二階は大変静かで、隣室はひとつしかございません。御婦人がひとりでお住まいですが、勤め先から戻られるのは、日が暮れてからでございます、と言った。次の日、ペトローネはエレベーターの中で一人の女性に出会ったが、まるで大きな金貨でも差し出すように鍵を持っていた。番号を見て、それが隣室の女性だと気づいた。門番は女とペトローネの鍵を受け取ると、キーボードにかけ、女と手紙のことでしゃべりはじめた。見たところ年はまだ若かったが、魅力のない女性で、ウルグアイ人らしく質素な身なりをしていた。

モザイク製造業者との交渉には一週間ばかりあてていた。その日の午後は、洋服ダンスに服をしまい、テーブルの上で書類を整理した。間もなく業者の組合事務所に出かける時間なので、シャワーを浴びて、中心街をひとまわりした。その日は、ポシートスで酒を飲んだり、組合長の家で夕食を御馳走になりながら、一日中しゃべりづめで、解放されてホテルに戻った時は、すでに一時をまわっていた。疲れていたので、床に就くとすぐに眠りこんだ。九時頃に目が覚めたが、ベッドの中でうとうとまどろみながら、昨夜は何時頃だったか子供の泣き声がうるさかったなと考えた。

出かける前に、受付の係をしている、ドイツ訛りのある従業員と少し話した。その男からバスの路線や街の名前を教えてもらいながら、ぼんやりホールを見まわすと、突きあたりにあの女性と自分の部屋のドアが見えた。二枚のドアの間には、稚拙なミロのヴィーナスの複製を載せた小さなテーブルがあり、片側の壁には、ホテルには欠かすことのできないひじ掛けいすと雑誌が用意してある休憩室のドアが見えた。従業員とペトローネの話が途切れると、ホテルの静けさが、家具や床に降りつもる灰のように重苦しくのしかかってきた。エレベーターはまるで新聞紙を折り畳んだり、マッチを擦るような騒々しい音を立てた。

夕方、商談が片づいたので、ペトローネは七月十八日街をひとまわりしたあと、インデペンデンシア広場に近い酒場で夕食をとった。すべて順調に運んでいたので、ブエノスアイレスには思いのほか早く帰れそうだった。彼はアルゼンチンの新聞と黒タバコを買い、ホテルまで歩いて戻った。隣の映画館をのぞいてみたが、二本とも以前に見た映画だった。どこへ行く気にもならなかった。ホテルに戻ると、支配人が、お帰りなさいませ、寝具はもっと御入用ではございませんかと尋ねた。タバコを吸いながら彼としばらく立ち話したあと、部屋に戻った。

横になる前に、その日の書類を整理し、新聞に目を通した。ホテルは気味が悪いほど静かだった。市電が時々、騒々しい音を立ててソリアーノ街を下っていくが、そのためかえって次の市電がくるまでの静けさが身に染みた。不安というより、苛々《いらいら》してきたので、屑籠《くずかご》に新聞を放りこむと、洋服ダンスの鏡を見ながら着換えをした。洋服ダンスはかなり古いもので、隣室に通じるドアに寄せかけてあった。まさかそんなところにドアがあるとは思わなかった。おそらく、最初に部屋を調べた時、見落としていたのだろう。ここはホテル用に建てられたとばかり思っていたが、どうやら二流のホテルによくあるように、古い事務所かお屋敷に手を入れたものらしい。彼はこれまであちこちに泊ってきたが、どこでも部屋には余計なドアがついていた。そのままのところもあるが、たいていは洋服ダンス、机、外套掛けなどで隠してあった。しかし、このホテルの場合はそのどちらとも言えない。目ざわりなので隠そうとしているのだろうが、まるで、お腹だか乳房を隠しただけで人からは見えないだろうと思っている女みたいだった。いずれにしても、ドアは洋服ダンスの上にのぞいていた。かつて人は、このドアを乱暴に、またそっと開け閉《た》てして出入りしたのだろう。壁とは違った板を張ってあるこのドアは、今でも開こうと思えば開くはずだ。隣室にも洋服ダンスが置いてあって、その上にドアがのぞいているにちがいない。女もそのドアを見て同じようなことを考えているだろうとペトローネは想像した。

べつに疲れてはいなかったが、ぐっすり眠った。三、四時間たった頃に、妙な不快感を覚えて急に目が覚めた。人の神経を逆撫でするような不愉快なことが起こったにちがいない。枕元の明かりをつけて時計を見ると、二時半だった。もう一度明かりを消したが、その時隣室から赤ん坊の泣き声が聞こえてきた。

はじめはなんとも思わなかった。昨晩もたしか子供の泣き声で寝苦しかった。気にせず、もう一度寝なおそう、そう考えて、彼は満足げに寝返りをうった。しばらくしてそんなはずはないと考えて、ベッドにゆっくり座り直すと、明かりを消したままじっと耳を澄ました。空耳ではなかった。あの余計なドアを通して、たしかに子供の泣き声が聞こえてくる。声の主はどうやら隣のベッドの足元あたりにいるらしい。そんなばかな、あの女はひとり暮らしで、一日中勤めに出ているはずだ。支配人がはっきり断言したじゃないか、子供なんているはずがない。ひょっとして、親戚か友達の赤ん坊でも預かっているのだろうか、ペトローネはそう思った。いや、それにしてはおかしい。やはりそうだ、あの特徴のある泣き声は昨晩聞いたものと同じだ。弱々しくむずかり、苦しそうにしゃくりあげているかと思うと、時々泣き声をあげる。まるで重い病気にかかった子供のようなかぼそい声だ。あれは生後数カ月の赤ん坊の泣き声にちがいない。生まれたばかりの赤ん坊だと、火のついたように泣き出したかと思うと、急に息がつまったようにしゃくりあげるものだ。ペトローネは、病気のせいですっかりやつれて生気のない顔をした赤ん坊を思い浮かべたが、なぜかそれは男の子だった。その子は夜になると、まるで周囲に気兼ねしているように小さな声でむずかりはじめる。あのドアさえなければ、壁は頑丈にできているから、泣き声を通さないだろうし、その声に眠りを妨げられることもないはずだ。

翌朝、ペトローネは朝食をとり、タバコを吸いながら、昨夜のことを思い返してみた。寝不足のせいで仕事の方は台なしだ。昨夜は、赤ん坊の泣き声で二度も起こされた。とくに二度目はひどかった。赤ん坊のむずかる声に加えて、子供をあやしている女の声まで聞こえてきた。あのドアを通して、低くささやくような声が、まるで大声でしゃべっているようにはっきりと聞きとれた。女は赤ん坊をなんとか静かにさせようとしていたのだろう。あやされたり、懇願されている間はおとなしくしているが、しばらくすると、また弱々しい泣き声が聞こえはじめる。それは、つらく悲しそうな声だった。女は、体か心を病んでいる赤ん坊をなだめようと、ふたたび意味の分からない呪文を唱えはじめる。あんなふうにむずかるのは、生きているのが辛いのか、死の影におびやかされているからにちがいなかった。

「結構なことだ。それにしても、支配人にはいっぱいくわされたな」部屋を出る時、ペトローネはそう考えた。かつがれたと思うとなんだか腹が立ってきたので、昨夜のことをぶちまけた。すると支配人はけげんそうに彼の顔を見つめながら言った。

「そんなはずはありません。なにか勘ちがいなさっておられるんですよ。二階には小さなお子さんなどおられません。申し上げたかと思いますが、隣の部屋には御婦人がひとりお住まいになっているだけでございます」

ペトローネはためらった。相手がつまらない嘘をついているか、建物の造りの加減であの声が聞こえてきたかのどちらかに決まっている。そんなふうに抗議されて心外だとでも言うように、支配人は彼を見つめた。おれが気の小さい男だから、ホテルを引き払う口実にこんなことを言い出したと思っているんだろうと、ペトローネは考えた。そこまで断言されると、ばかばかしくて言い返す気もしなくなり、肩をすくめて、新聞を頼んだ。

「きっと、夢でも見たんでしょう」そう言いながら、どうしてこんなことを言わなければいけないんだろうと思うと、むしゃくしゃしてきた。

キャバレーはおそろしく退屈だったし、彼を招待した二人の業者も気乗りしない様子だったので、ペトローネは気兼ねなく、疲れているので今日は早目にホテルに引き取らせてもらいたいと言った。契約書のサインは翌日の午後にもち越されたが、取引は事実上終わっていた。

ホテルの受付があまり静かだったので、ペトローネは爪立って歩いた。ベッドのそばには、夕刊といっしょに一通の手紙が置いてあったが、字体を見て、ブエノスアイレスの妻からのものだと分かった。

床に就く前に、洋服ダンスとその上にのぞいているドアに目をやった。あのドアの前にスーツケースをふたつ並べれば、隣室の声もいくぶん小さくなるだろう。この時間になると、ホテル全体が寝静まって、あたりは物音ひとつしない。ペトローネはすっかりつむじを曲げていたので、いや、なにひとつ眠っちゃいない、目を開け、この静けさの中でなにかが起こるのをじっと待っているんだと考えた。胸の内にわだかまっている自分の不安が、この建物とその中の人たちにも伝わっているのだ。彼らはきっと、なにかを待っている。じっと身をひそめ様子をうかがっているんだ。ばかばかしい、下らない妄想だ。

あまり考えつめないでおこうと思っていた矢先に、またしてもあの赤ん坊の泣き声で起こされた。朝の三時だった。ベッドに座り直すと、夜回りを呼んで、とても眠れないと言ってもらおうかと考えた。泣き声はかすかに聞きとれるほど弱々しいものだったが、やがて大きくなることは分かりきっていた。十秒か二十秒がゆっくり過ぎた。しゃくりあげる声と弱々しいうめき声がやがて本当の泣き声に変わった。

壁をコツコツ叩いてみたら、あの女は赤ん坊を静かにさせるかもしれない。タバコに火をつけながら、そう考えた。女と赤ん坊の姿を思い浮かべようとしてふと気がついたのだが、自分では赤ん坊などいないと信じきっていた。ばかばかしい話だが、支配人が嘘をついているとはどうしても思えなかった。女はあわてて、小さな声で慰めるようにあやしている。そのせいで、子供の泣き声が聞こえない。ペトローネは女がベッドの足元に座り、揺り籠を揺らすか、子供を抱いている姿を思い浮かべてみた。しかし、いくら空想を逞しくしても、赤ん坊の姿は思い浮かばなかった。赤ん坊の泣き声が聞こえているのに、まるであの支配人の言葉がそれを打ち消しているように思われた。時が経ち、あやす声と交互に聞こえる弱々しいうめき声を耳にしているうちに、ペトローネは、あれはひょっとしたらお芝居じゃないだろうかという気がしはじめた。もし芝居だとしたら、なんとも薄気味の悪い、常軌を逸した遊びだ。いったい、どう説明をつければいいのだろう。その時ふと、以前に読んだことのある物語を思い出した。子供のいない女たちは、ひそかに人形を礼拝し、人知れずこっそり母親になりすましていた。それは、犬や猫、姪を溺愛するよりもはるかに仕末の悪いものだった。隣室の女も、むずかる子を抱きあげ、あやしているように見えるが、あれは彼女のひとり芝居なのだ。子供の泣き真似をしている女の顔は涙に濡れているが、その涙は彼女自身の涙でもあるのだ。明け方、耳を澄ます人もいないホテルの一室で、女はひとりグロテスクな悲しみにひたっていた。

　とても寝つけそうになかったので、明かりをつけ、どうしたものかと考えた。自分は今までだまされていた、いっぱい食わされたのだ、そう思うとひどく腹が立ってきて、仕返しをせずにはいられなかった。静まり返った夜明け前のそんな時間に、赤ん坊のむずかる声と女のあやす声が聞こえてくれば、誰だって本気にする。それがじつは芝居だったのだ。そう考えると、ひどく腹が立ってきて、壁を叩いたくらいではおさまりそうになかった。目が覚めていたわけではないが、もう眠る気になれなかった。彼は洋服ダンスを少しずつ動かして、埃だらけの薄汚れたドアの前に立ったが、自分でも何をしているのかよく分からなかった。パジャマに裸足という格好のまま、百足虫のようにドアに取りつくと、松板のドアに口を近寄せた。声の調子を変え、隣室から聞こえてくるのと同じ弱々しいうめき声をあげはじめた。さらに声を大きくすると、むずかる声や泣き声を真似しはじめた。急に隣の部屋が静かになり、その前に女がスリッパの音をさせて部屋の中を走り、張りつめたロープが切れたような短く乾いた叫び声をあげたのをペトローネは聞き逃さなかった。

彼は十時過ぎに受付のカウンターの前を通った。寝惚《ねぼ》けた耳で、女と従業員がなにか話し合い、部屋の中のものを動かしている音を聞いたのは八時頃だったろう。エレベーターの横には、トランクがひとつと大型のスーツケースがふたつ置いてあり、支配人は戸惑ったような顔をしていた。

「昨夜は、よくお休みになれましたか?」事務的なそっけない口調で、支配人はそう尋ねた。

ペトローネは肩をすくめた。あと一晩でホテルを出て行くのかと思うと、こぼす気にもなれなかった。

「いずれにいたしましても、これからはいっそう静かになります」と支配人はスーツケースの方に目をやりながら言った。

「お隣りの婦人が、昼にここを出て行かれることになりました」

支配人は彼が何か言うのを待っていたが、ペトローネは目顔で先を続けるよう催促した。

「長くおられたのですが、急に出て行かれることになって、驚いております。女の方というのは分からないものでございますね」

「まったくですね」とペトローネは合槌をうった。

通りに出ると気分が悪くなったが、体のせいではなかった。苦いコーヒーを一息に飲むと、仕事のこともすばらしい日差しのことも忘れて、昨晩のことを思い返した。女は恐ろしくなったのか、恥ずかしいのか、それとも怒っているのだろう。いずれにしても、あんな風にホテルを出て行くことになったのは、彼のせいだ。「長くおられたのですが……」女はおそらく病気なのだ。しかし、人に害を与えるようなものではない。彼の方がホテル・セルバンテスを出て行くべきなのだ。女のところに行って話そう。昨晩のことを謝ったうえで、二度とあんなばかな真似はしないと誓おう。出て行かないでほしいと頼んでみよう。そう決めて、ホテルに戻りかけた。しかし、へたをするととんだ道化役を演じることになりかねないし、相手にしてもどんな攻撃をしかけてくるか分かったものではない。そう考えたとたんに、足の方が止まってしまった。二人の業者と会う時間が迫ってきた。彼らを待たせておくわけにいかなかった。勝手にしろ、あの女はヒステリーなんだ。いずれ、べつのホテルを見つけて、いもしない赤ん坊の世話をやくだろう。

夜になると、また気分が悪くなりはじめ、部屋の静けさが以前にもまして重苦しく感じられた。ホテルに戻った時、目は自然にキーボードに引き寄せられたが、あの女の部屋の鍵はなかった。早く帰りたいと言わんばかりにあくびをしている門番としばらく話したあと、部屋に入ったが、とても寝つけそうになかった。部屋には夕刊と探偵小説が置いてあった。暇つぶしにスーツケースに服を詰めたり、書類を整理したりした。暑かったので、小さな窓を開け放した。ベッドはちゃんとしつらえてあったが、固くて寝にくそうだった。ようやくぐっすり眠れそうな静けさが得られたというのに、今はその静寂がかえって苦痛だった。女を追い出して手に入れた申し分ない静けさが逆に復讐してきたのだ。あまりの静けさに耐えられず、何度も寝返りをうった。寂しいものだ、こう静かだとかえって寝つけやしない、かといって起きているわけにもゆかないし。彼はそう考えて、ばかばかしくなった。赤ん坊の泣き声がしないのが物足りなかった。それからだいぶたって、あのいまいましいドアから例の弱々しい泣き声が聞こえてきた。恐ろしいとか、真夜中にホテルを飛び出そうとか考える前に、ああ、これでいいんだ、やはり女は騙していたんじゃない。みんながぐっすり眠れるように子供をあやしておとなしくさせていたんだ。あれは芝居じゃなかったんだ。彼はそう考えた。

バッカスの巫女たち

ドン・ペレスはクリーム色のプログラムを渡して、ぼくをいつもの席に案内してくれた。九列目の少し右寄りの席だが、そこだと申し分なく美しい音が聞ける。コロナ劇場のことはよく知っているが、その気まぐれなことときたらまるでヒステリー女だ。十三列目などエア・ポケットのようになっていて、満足に音楽が聞き取れない。あそこだけは止《よ》すようにと、いつも友人たちには忠告している。それにボックス席の右側もよくない。フィレンツェ市立劇場もそうだが、ある楽器がオーケストラから離れてひとりさまよっているような感じがする。つまり、他の楽器はすべて正しく演奏されているのに、フルートだけが、自分から三メートルほど離れたところで響きはじめる。面白いと言えばそれまでだが、けっして聞きよいものではない。

プログラムを見ると、『真夏の夜の夢』、『ドン・ファン』、『海』、『第五交響曲』といった曲目が並んでいた。マエストロのことを考えて、ぼくは思わずにやりとした。あの古狸《ふるだぬき》はまたしても、ミュージック・ホールの支配人や名ピアニスト、プロレスのマッチメーカー顔負けの鋭敏な嗅覚を働かせてこのプログラムを組んだのだ。しかも、その嗅覚を、芸術家の気まぐれな独断というオブラートに包んで。うんざりした気持ちでコンサート・ホールに足を運んだのはぼくだけだろう。ホールでは、シュトラウスの次に、ドビュッシー、そしてベートーベンが演奏される予定だったが、これは神と人間の法に反するものだ。しかし、聴衆の好みを心得ているマエストロがコンサートを開けば、コロナ劇場の常連客が喜ぶことは請けあいだ。ここの聴衆はもの静かな人たちで、未知の傑作よりは既知の駄作を選ぶ。なによりも彼らが望んでいるのは、胃のこなれがよくなることと安らぎが得られることなのだ。メンデルスゾーンが始まると、聴衆はくつろいだ気分になった。次に、口笛で吹けそうな、高潔でためらうことを知らない『ドン・ファン』が演奏された。ドビュッシーが演奏されると、誰もが芸術家気分にひたった、というのも、その音楽が分かるものなどひとりもいなかったのだから。ついで、本日の呼び物、ベートーベンの振動性大マッサージがはじまった。戸口の運命（「このように運命は扉を叩く」というベートーベンの有名な言葉がある）、勝利の第五、聾疾の天才。これが終われば、皆は家に飛んで帰る。明日になればまた、オフィスで狂ったように働かなければならないのだ。

実を言うと、芸術とはおよそ無縁なこの町にすぐれた音楽をもたらしてくれたあのマエストロをぼくは深く敬愛している。音楽の中心から遠く離れたこの町で十年前に演奏されていたものと言えば、『椿姫』と『グワラニー族の男』の序曲くらいのものだ。大胆な興行主と契約を交してこの町にやって来たマエストロは、一流といってもおかしくない現在のオーケストラを組織した。最初は、ブラームス、マーラー、印象派の作曲家、シュトラウス、ムソルグスキーなどを小出しにしていた。そのうち、年間予約客から不満が出たので、マエストロは目先を変えて、プログラムに《オペラ抜粋》をふんだんに盛りこむようになった。彼が拍手を受けるようになったのは、息もつかさぬほど激しいベートーベンを演目に加えはじめてからだ。やがて、現在のように、なんでもないことで、たとえば、舞台に現われるだけで盛大な拍手を受けるようになった。今も、彼が舞台に姿を現わすと、聴衆は異常なまでに熱狂している。しかし、今度のコンサートがはじまった頃は、聴衆も手が赤くなるほどは拍手しなかった。気がむけば手を叩く程度だった。そっけなく身をかがめると、歩兵隊長のように楽団員たちの方に向き直るマエストロを、誰もが好ましく思っていた。ぼくの左には音楽狂で通っているホナタン夫人が座っていたが、彼女とはべつに親しくしていたわけではない。その婦人が顔を火照《ほて》らせ、ぼくにこう言った。

「あの方は並はずれた指揮者です。オーケストラばかりでなく、聴衆まで作り出されたんですから。ほんとうにご立派ですわ」

「そうですね」ぼくはもち前の愛想よさを発揮して、そう答えた。

「聴衆に向かって指揮なすったらどうかしらって思うことがあるんですの」

「その時は、どうかぼくを除外して下さい。音楽に関しては、残念ながら、人とはちがった意見をもっているものですから。たとえばこのプログラムなんかもひどい代物に思えるんです。むろん、ぼくの偏見でしょうが」

ホナタン夫人はぼくをにらみつけると、プイッと横を向いた。しかし、根が気のやさしい人だったので、次のように説明しはじめた。

「プログラムにあるのは名曲ばかりです。どの曲も音楽愛好家の投書によって特別に選ばれたものですから。指揮者にとっては、今夜は音楽との銀婚式ですし、オーケストラも結成五周年を迎えるんですよ、御存知ないのですか。プログラムの裏をごらんになるといいですわ。パラシン博士の美しい一文が載っていますから」

メンデルスゾーンに続いてシュトラウスが演奏されたが、曲が終わるたびにマエストロは盛んな喝采を浴びた。休憩時間になったので、ぼくはパラシン博士の文章に目を通した。休憩室をぶらぶら歩きながら、ここの聴衆はけっして点が甘いとは言えない。なのに、あれほど熱狂しているのはマエストロの力によるものだろうか、と考えた。しかし、記念祭というと人はばか騒ぎするものだ。今夜ばかりは、指揮者の信奉者たちも自分の感動を抑えきれないのだろう。ぼくはそう臆測した。家族連れで来ていたエピファニーア博士とバーで会ったので、しばらく立ち話をした。興奮のあまり顔を火照らせている博士の娘たちは、まるで騒々しい雌鶏のように(事実、彼女たちはいろいろな鳥を思わせた)ぼくを取り囲むと、次々にまくし立てはじめた。メンデルスゾーンはすごかったわ、まるでビロードと薄絹で織りあげられているみたい。あの曲には神々しいまでのロマンチシズムがあるわね。ノクターンなら死ぬまで聞いていてもいいわ。それにあのスケルツォ、まるで妖精が奏でているみたい。ラ・ベーバは、いかにもドイツ的なドン・ファンという感じのするシュトラウスの方がお気に召していた。あのホルンとトロンボーンを聞くと鳥肌が立つわ――鳥肌とは、じつにぴったりした表現だ。エピファニーア博士は、にこやかに笑いながらぼくたちの話を聞いていた。

「若いですな！　リスレ(エドワール・リスレ、一八七三―一九三〇年。フランスのピアニスト)の演奏やフォン・ビューロー(ハンス・

代でしたよ」

娘たちは博士をにらみつけた。五十年前よりも現在の指揮の方が数段進んでいてよ、とロサリートがやり返すと、ラ・ベーバもすかさず、父さんには指揮者のすぐれた才能をおとしめるようなことを言う権利はないわ、と嚙みついた。

「そりゃ、そうだ」とエピファニーア博士はうなずいた。「今夜の指揮者はじつにいい。あの炎のような激しさ、人を熱狂させずにはおかないね。久しぶりだよ、こんなに拍手したのは」

博士の差し出した手を見ると、まるで今テンサイを握りつぶしてきたと言わんばかりに真っ赤にはれ上がっていた。奇妙なことに、ぼくはそれまでまったく逆の印象を受けていた。マエストロが華美に走らず抑えた指揮をする時は肝臓の具合が悪い時だが、今夜もその時と同じ感じがした。しかし、そう考えていたのはぼくひとりだったにちがいない。というのも、ぼくの姿を見つけたカヨ・ロドリゲスがサッと近寄ってくると、ドン・ファンはすごかったね、マエストロはじつに得がたい指揮者だとやりはじめたからだ。

「メンデルスゾーンのスケルツォのあそこはどうだい、まるで精霊のささやきだね。

った。

「その前に、精霊のささやきとやらがどんなものか教えてくれなくちゃ」とぼくは言とても、オーケストラが演奏しているように思えないよ」

「ひどいことを言うんだな」とカヨは顔を真っ赤にして言った。「きみにはあれが分からないのかい。なんて鈍感な男だ」

ギリェルミーナ・フォンタンが急ぎ足で近づいてきた。彼女もエピファニーア家の娘たちと同じような讃辞を並べ立てた。賞讃の念というのは、つかのま人を善良にし、知らぬもの同志を兄弟のように結びつけるが、彼女とカヨもそうした感情に駆られて、涙ぐんで顔を見合わせた。なぜあれほど熱狂するのかわけが分からず、ぼくは二人を呆然とながめた。たしかにぼくは、彼らみたいに毎晩コンサート・ホールに足を運ぶわけでもないし、時にはブラームスとブルックナーを取りちがえたりする。彼らのような人たちにとって、それは救い難い無知ということになるのだろう。いずれにしても、彼らは顔を火照らせ、首にうっすら汗を浮かべ、休憩室だろうが街の真ん中だろうがところ構わず拍手したいとひそかに願っているのだ。彼らを見ながら、雰囲気のもつ力、湿気、太陽の黒点といったものを思い浮かべたが、そうしたものはいつも人間の行動に影響を及ぼすのだ。オクス博士（ジュール・ヴェルヌの『オクス博士の幻想』に登場する人物）は公衆を熱狂させる記憶すべき実験を考案したが、誰かふざけた男がここでその実験をやってみないものだろうかと考えた。親しくもなかったギリェルミーナが腕をはげしくゆさぶったので、ぼくは我にかえった。

「次は、水のレース織り、ドビュッシーの『海』よ」と興奮をおさえかねたように彼女はささやいた。

「すばらしいでしょうね」と、ぼくは相手の気分をそこねないように合槌をうった。

「彼はどんな指揮をすると思って？」

「完璧な指揮ですよ、きっと」そう言ったあと、ぼくの言葉をどう受けとめたか観察してみた。ギリェルミーナはもっと熱烈な讃辞を期待していたらしい。というのも、ラクダが座りこんだような格好でソーダ水を飲んでいるカヨの方に向き直ると、二人で二曲目はすばらしいものになるだろう、三曲目になれば、崇高なまでの力強さが表現されるにちがいない、といったことを話しはじめたからだ。ぼくは廊下をひと回りして、休憩室に戻ったが、どこへ行っても耳に入るのは先程の演奏に対する熱烈な讃辞ばかりだった。確かに感動的な図にはちがいないが、腹立たしくもあった。劇場全体が蜂の巣を突ついたような騒ぎだったので、こちらまで神経がやられて熱っぽくなり、ベルグラーノ・ソーダをいつもの倍にふやした。自分ひとりが遊戯から離れ、まるで昆虫学者のように人々を眺めているというのも悲しいものだ。しかし、こればかりは仕方がない。ぼくはいつもこうなのだ。それどころか、自分の冷静さをいいことに、なにごとにもあまり深入りしないように努めてきたくらいだ。

ホールに戻ると、一人残らず席についていた。おかげで、自分の列の人を煩わせてやっと席に戻った。楽団員たちが元気のない様子で舞台に現われた。一刻も早く演奏を聞きたいと願っていた聴衆はすでに立ち上がっていたが、その両者を見比べているうちに妙な気分に襲われた。天井桟敷に目をやると、まるで蜜のびんに群がるハエのように聴衆が黒く固まっていた。また、ゆったりしたボックス席には正装した人たちがいたが、彼らは鴉《からす》の群を思わせた。そこの明かりが点滅していたのは、おそらく楽譜を持参した熱心な観客が明かりがつくかどうか試していたからにちがいない。中央の大シャンデリアの光が暗くなり、ホールがだんだんと薄暗くなってきた。その時、突然大きな拍手が湧き起こった。指揮者が舞台に現われたのだ。照明が暗くなり、こちらの目が休もうとした時に、拍手が起こって耳の方が目覚まされたわけだが、それはなんとも奇妙な経験だった。ぼくの左にいるホナタン夫人をはじめ、あの列の人は皆熱心に力いっぱい手を叩いていた。ただひとり、ぼくの右手の少し離れた席にいる男だけは、首をうなだれじっとしていた。白く光る杖と黒い眼鏡が見えるので、おそらく盲人にちがいなかった。拍手をしていないのはあの男とぼくの二人だけだったので、男のそうした態度に興味を覚えた。こんな時に拍手をしないというのは、きっと風変わりな人間にちがいない。そう考えると、ぼくはそばに行って話しかけたくなった。二列前の席では、エピファニア家の娘たちが盛んに拍手しており、父親も負けじと手を叩いていた。指揮者は簡単に挨拶すると、一、二度上を見上げた。そちらからは拍手の音が潮のように押し寄せ、平土間や二階正面桟敷の拍手とひとつに溶けあっていた。見たところ、指揮者の顔には好奇心とも戸惑いともつかない表情が浮かんでいた。彼の耳はおそらく、今夜はふだんとは違う銀婚式のコンサートだということを拍手の音から聞き取っていたにちがいない。当然のことだが、『海』はシュトラウスの時に劣らない喝采を受けた。音響によって、轟然《ごうぜん》と砕け散る波や、果てしなくたゆたう海を表現した最後の曲にはぼくも引きこまれ、手が痛くなるまで拍手した。ホナタン夫人は泣いていた。

「すばらしい、ほんとにすばらしいわ……」そうつぶやいてぼくの方を振りむいた夫人の顔は雨に打たれたように濡れていた。

指揮者はもの慣れた上品な態度で、舞台と袖の間を何度も往復したが、指揮台に登る格好は、競売の立会人を思わせた。彼がオーケストラ全員を起立させると、前にもまして盛大な拍手と歓声が湧き起こった。ぼくの右側では、例の盲人が手を痛めないよう静かに拍手していた。うなだれ、静かに瞑想しているような格好で、他の人たちとともに称讃の拍手を送っている姿は、見ていて気持ちがよかった。聴衆のあげる「ブラボー」という歓呼の声がホール全体に響き渡った。最初は、コンサートがはじまった頃より拍手は少なかった。しかし、今では『ドン・ファン』、『海』といった演奏曲のことなど忘れて、すべての人が指揮者とホールを包んでいる熱っぽい空気に向かって拍手していた。喝采は弱まるどころか、じょじょに大きくなり、ついには耳を聾《ろう》せんばかりになった。たまりかねて、左の方を見ると、赤い服の女が手を叩きながら平土間の中央通路を駆けていくのが目に入った。女は指揮台の下、指揮者の足元まで行って立ち止まった。指揮者が体を折って二度目の挨拶をすると、ちょうど目の前に女の顔があったので驚いて体を起こした。その時、二階の桟敷から轟々《ごうごう》たる歓声が湧き起こったので、指揮者は顔を起こすと、珍しいことに左手を上げた。結果的には、それが聴衆の熱狂をいっそうあおり立てることになった。拍手に続いて、ボックス席や二階正面桟敷にいる人たちが床を蹴りはじめたが、どう考えてもあれは行き過ぎだった。

休憩時間はなかったのだが、指揮者は奥に入って二分ばかり休んだ。その間に、ぼくは立ち上がって、ホールを見まわした。熱気、湿気、興奮のせいで、ほとんどの聴衆は汗をかき、哀れなザリガニのような姿になっていた。無数のハンカチが波のように揺れていたが、それを見ると、先程終わったはずの曲がまだグロテスクな余韻を残しているように思えた。人々はひきもきらず休憩室に走っていき、ビールやオレンジエードで手早く喉の乾きをいやしていた。慌てて戻ろうとする人と急いで行こうとする人たちとで一階正面の扉はごった返していたが、口喧嘩ひとつ起こらなかった。気持ちがなごみ、すっかりくつろいだ気分にひたっていたので、会う人が皆兄弟のように思えたのだろう。太りすぎで思うように動けないホナタン夫人は自分の席でずっと立ち通しだったが、その赤蕪《かぶ》のようなおかしな顔をぼくの方に振り向けると、「すばらしい、ほんとにすばらしいわ……」とくり返していた。

ぼくもその一人にちがいないが、ともかく、ホールにいる群衆が不愉快でやり切れなかった。指揮者が舞台に現われた時は、内心ほっとした。ホールの中でまともな人間といえば、楽団員と指揮者くらいのものだ。それに右手の少し離れたところにいるあの盲人。彼は手も叩かず、じっと耳を澄ましていたが、その態度には卑小なところなど少しも感じられなかった。

「恍惚の悲劇、第五交響曲がはじまるわ」とホナタン夫人はぼくの耳に口をつけるようにしてささやいた。

まるで映画のタイトルだな、そう考えてぼくは目を閉じた。おそらくぼくは、あの盲人に近づこうとしていたのだろう。まわりにいるネバネバしたにかわみたいな連中とはちがう、ただ一人のまともな人間に。瞼の上を緑色の光が燕《つばめ》のように飛びかっていたが、それに見とれていると、やにわに第五交響曲の冒頭部が鉄槌のように打ちおろされたので、ぼくは思わず目を開けた。マエストロは全力で唸りをあげているオーケストラを一瞬にして静止させたが、緊張に張りつめているその細面は美しく見えた。ホールは静まり返ったが、続いて万雷の拍手が湧き起こった。その拍手が終わらないうちに、マエストロはふたたびオーケストラを指揮しはじめた。ぼくたちの頭上を通り過ぎた第一楽章は、火のような追憶、象徴、親しみやすい決定的な音響を残していった。第二楽章も見事な指揮で演奏された。ホールの空気は、内から外へ広がっていく冷たく目に見えない火で燃え上がっているようだった。短くこもったような最初の叫び声が聞こえたが、おそらくそれを耳にした人はいなかっただろう。金管楽器と木管楽器が大音響を立てると同時に、突然目の前にいた若い娘が痙攣《けいれん》を起こし、叫び声をあげたのだ。ぼくはびっくりした。感極《きわ》まった女かヒステリー女のような短く乾いた絶叫だった。コロナ劇場の座席はブロンズの奇妙な一角獣のような形をしている。その上に若い娘の頭ががっくりもたれかかった。同時に、両足で床を激しく蹴りはじめたので、両脇にいた人が彼女の足を押さえた。二階ボックス席の最前列でも、誰かが叫び声をあげ、床を蹴りはじめた。マエストロは第二楽章を終えると、そのまま第三楽章に移った。マエストロはオーケストラ最前列の演奏に気をとられていたが、彼の耳に平土間にいる若い娘の叫び声が聞こえただろうか。若い娘の体がだんだん前に倒れかかり、母親らしい女性が腕をもって支えていた。なんとかしてやりたいと思ったが、コンサートの最中に前列にいる人を助け起こそうとすればひと騒動起こるだろう。おまけに相手は見ず知らずの他人なのだ。こういう発作は女性の方がうまく処理するだろうと思い、ホナタン夫人の方を向いて声をかけようとした。しかし、夫人は食い入るようにマエストロの背中を見つめ、音楽に聞き惚れていた。夫人のあごのあたりになにか光るものが見えた。前列にいたスモーキングの紳士が急に立ちあがったので、ぼくは指揮者から目を離した。演奏の最中に人が立ちあがるというのも珍しいが、叫び声が聞こえたり、若い娘がヒステリーの発作を起こしているのに皆が知らぬ顔をしているのも奇妙なことだ。ふと、赤いしみのようなものが見えたので、ぼくは平土間の中央に目をやった。すると、さきほど指揮台の下まで走っていった女が、なにかをつかまえようとするようにゆっくり歩いていた。背筋はぴんと伸びていたが、その歩き方は、催眠術にかけられた人か、狙った獲物に一気に飛びかかろうとしている動物を思わせた。マエストロをじっと見つめている目に感動の涙がきらりと光った。一人の男が座席から立ちあがると、女のあとに従った。二人が五列目にさしかかった時には、さらに三人が加わっていた。交響曲は終わりに近づいていた。マエストロはみごとなほど簡潔に壮大な和音をぶつけてきたが、まるで鑿《のみ》の一撃で巨大な彫刻が忽然と生まれるように、白と緑の円柱が、音響のカルナック神殿（エジプトのカルナックにあるアモン大神殿。その列柱広門は規模壮大なことで知られる）が姿を現わした。その脇廊を、いま赤い服の女が何人もの男たちを従えてゆっくり進んでいた。

オーケストラが二度大音響を奏でたが、その間にまたしても叫び声が聞こえた。今度は、右側の二階正面桟敷からだった。同時に、交響曲に対する最初の拍手がたまりかねたように湧き起こった。今や、ホール全体が身をまかせた巨大な女となり、悩ましげにあえぎながら、オーケストラという男性の肉体を支えていた。もはや女は男に何ひとつ期待していない。切なげに身をよじり、感にたえかねたような声をあげ、快楽にひたっていた。ぼくはいすから動けなかったが、背中をうしろからなにかにグイグイ押されているように感じた。それは、平土間の中央を突き進んでいく赤い服の女と供の者たちの動きと同じ性質のものだった。マエストロは、闘牛士が牛に剣を突き立てるように、最後の音響の壁に指揮棒を突きさした。そのあと、彼はがっくり前にのめったが、まるで鳴響する空気が最後の力をふりしぼってその角をマエストロの体に突き立てたように思えた。ちょうどその時、赤い服の女を先頭に立てた一団が指揮台の下にたどり着いた。汗を浮かべた鼻持ちならないほど粗野な聴衆は歓声をあげ、拍手した。拍手と歓声は鋭い槍となり、ガラスのように張りつめていたホールの空気を一瞬にして打ち砕いてしまった。あちこちから群衆が平土間になだれ込んできた。二階正面桟敷から男が二人飛び降りたのを見ても、べつに驚きもしなかった。ホナタン夫人は、ネズミを踏みつけたような金切り声をあげ、いすから体を振りほどくと、口を大きく開け両腕を前に突き出して熱烈な讃辞をわめきはじめた。その時まで、マエストロはまるで聴衆を蔑むように楽団員たちの方を向いていた。彼はゆっくり向き直ると、頭を下げて最初の挨拶をした。青白い憔悴しきったようなその顔を見て、ひょっとして気を失うのではないかと心配になった。(さまざまな感情や思いが頭をかすめ、地獄のような熱狂のなかで熱い風がぼくの上を通り過ぎていった。)マエストロはもう一度挨拶したが、その時にちらっと右の方に目をやった。スモーキングを着た金髪の男が二人の男を従えて右の方から舞台に登ってきたのだ。どうやら、マエストロは指揮台から降りようとしたらしい。だが、なにかを振り払おうとするように痙攣的な身ぶりをした。見ると、赤い服の女が両手で彼の右足のくるぶしをしっかりつかまえていた。女はマエストロに向かって何かわめいていたが、ぼくには彼女の大きく開いた口が見えるだけだった。おそらく、他の人々やぼくも同じようなことをわめいていたのだろう。マエストロは指揮棒を下に落とすと、何ごとか話しかけながら足を振りほどこうとした。赤い服の女に従ってきた男がもう一方の膝にしがみついた。マエストロは助けを求めるようにオーケストラの方をふり返った。楽団員たちは皓々たる照明の下で立ちあがっていた。足元には楽器が散乱し、楽譜台は刈り取られた稲のように倒れていた。大勢の観客が両袖から舞台に登りはじめたが、やがて楽団員と観客は見分けがつかなくなった。マエストロが指揮台の背後から登ってくる男を見て、助けを求めるようにしがみついたのも無理はなかった。両脚に取りついている赤い服の女と供の者たちの手から体を振りほどこうとしたのだ。しかし、男が楽団員ではないと分かって、突き飛ばそうとしたが、相手の方は彼の腰に武者ぶりついた。赤い服の女は両腕を広げ、なにか要求していた。やがて、マエストロの体はまわりを囲んでいる群衆の渦の中に消え、胴上げのような格好で運び去られた。ぼくは恐ろしかったが、その一瞬まで目の前の出来事をかなり冷静に眺めていた。その時、右の方で引き裂くような絶叫が聞こえたので、ぎくりとした。あの盲人が両腕を風車のようにふり回し、うめき、なにか叫んでいた。ぼくもじっとしていられなくなった。あのすさまじい熱狂に巻き込まれ、自分もそれに加わらずにはいられなかった。駆け出していき、袖から舞台に登った。興奮した群衆がバイオリン奏者たちを取り囲み、楽器をひったくっていた。楽器がバリバリ音をたて、茶色の巨大な油虫のように潰される音が聞こえていた。続いて群衆は楽団員たちを平土間の方へ突き落としはじめた。下にはべつの人たちが彼らを抱きしめようと待ち受けていた。楽団員たちは渦をまいている雑踏の中に姿を消した。なぜだか、ぼくはそうした常軌を逸した行為に加わろうとは思わなかった。そばに突っ立って、とてつもない熱狂ぶりに驚いてぼんやり眺めていた。いく分か冷静さが残っていたせいで、なぜ楽団員たちが書割の間を通って全力で逃げ出さないのか不思議に思った。しかし、それは無理だった。見ると、舞台の両袖を群衆が押さえていたのだ。彼らは隊伍を組み、前進してくると、楽器を踏み潰したり、楽譜台を蹴とばしたりしていた。手を叩き、わめき立てている彼らの騒々しさといったらひどいもので、ほかの音はなにひとつ聞こえなかった。肥った男がクラリネットをもってぼくの方に走ってきた。みんながつかまえやすいように、その男をふんづかまえて足をかけて倒してやろうと思ったが、そこまではできなかった。黄色い顔の女が通りがかりに、憎々しくとがめるような目つきでぼくをにらみつけた。女の大きく開いた胸もとでは、沢山の真珠が音を立てていた。女は楽器を守ろうとして弱々しくわめいている男をつかまえると、二人の男といっしょに楽器を取り上げた。楽団員たちは平土間のすさまじい混乱の起こっているところへ連れていかれた。

人々は先を争って楽団員を抱きしめたり、肩を叩こうとしていたので、拍手よりも叫び声の方が大きくなっていた。ホール全体はかん高い叫び声に包まれていた。その中で、苦痛のあまりあげたとしか思えない悲鳴が聞こえた。走ったり、飛び降りたりした時に、腕か脚を折った人がいるのではないかと心配になった。舞台に誰もいなくなったので、ぼくは平土間に戻った。楽団員たちは、熱狂した群衆によってあちこちに連れていかれた。すさまじい喧騒と混乱の起こっている二階正面桟敷に運ばれたものもいれば、休憩室に通じる狭い通路に連れていかれたものもいた。二階正面桟敷からものすごい絶叫が聞こえてきた。まるで大勢の人に抱きしめられ息のできなくなった楽団員が、自棄《やけ》になって一息つかせてほしいと叫び立てているようだった。前方に張り出した二階正面桟敷の下には大勢の人が群がっていた。ぼくは座席の間を走りぬけ、その近くまで行った。混乱は頂点に達していた。突然、照明が人の顔も見分けられないほど暗くなり、赤い光だけになった。発作でも起こしたように人影はたがいに押し合っていたが、なんともうす気味の悪い姿だった。こちらから二つ目の桟敷にマエストロの銀髪がちらりと見えたようだった。しかし、まるで無理矢理ひざまずかされたように、次の瞬間姿が見えなくなった。近くでかすれたような絶叫が聞こえたので振り向くと、あの二階正面桟敷に向かって突進してゆくホナタン夫人とエピファニーア家の娘たちの姿が目に入った。おそらく、マエストロはあの桟敷で赤い服の女と供の者たちに取り囲まれているにちがいない。ホナタン夫人は信じられないほど身軽に、エピファニーア家の娘たちが組み合わせた手に片足をかけると、頭から桟敷の中へ飛び込んでいった。ぼくに気づいたエピファニーア家の娘たちは、登るのを手伝ってくれとわめき立てた。ぼくは相手にせず、そこから離れた。人々は手がつけられないほど熱狂し、自分だけはマエストロのそばに行こうとして押し合いへし合いしていた。ぼくはとても彼らといっしょに行動する気になれなかった。先程、平土間に楽団員たちを突き落とした時に獅子奮迅《ししふんじん》の働きを見せたカヨ・ロドリーゲスは、鼻先に一発くらい顔を血に染め、ふらふらしていた。そんな彼を見てもべつに気の毒だとも思わなかったし、目印ひとつないホールの左右対称の森の中で道に迷っているあの盲人を見ても可哀そうだとは思わなかった。彼は座席にぶつかり、這うように進んでいた。何がどうなろうが知ったことでなかった。ただ、叫び声がいつになったらおさまるのか、それだけが知りたかった。二階正面桟敷からは相変わらず突き差すような叫び声が聞こえていたが、平土間の群衆はあきもせずその声に合わせてわめきながら、なんとか人を押しのけて二階の桟敷にもぐり込もうとしていた。誰もがホナタン夫人のようにやろうとしていた。うしろの立見席もおそらく人でいっぱいだったのだろう。ぼくはそんな様子を眺めていた。何が起こっているかよく分かっていたが、自分ではあのバカ騒ぎに加わるつもりはなかった。そうした冷静さが、奇妙な罪の意識を生み出したことは否定できない。まるで、自分の振舞《ふるまい》があの夜にあってはまぎれもない醜態のように思えたのだ。ぼくはぽつんと離れた席に腰をおろすと、しばらくじっとしていた。そんなふうに腰をかけていて気づいたのだが、あのすさまじい絶叫、叫び声がいつの間にか弱まり、とうとうおさまった。聴衆はガヤガヤ話し合いながら、三々五々、家に戻りはじめた。そろそろ外に出てもよさそうだったので、平土間の中央通路を抜け、立見席を通って休憩室に向かった。酔っ払ったようにフラフラしながら、ハンカチで口や手を拭いたり、服を着直したり、カラーを直している人もいた。休憩室では、二、三人の婦人が鏡を取り出そうとしてバッグの中を掻きまわしていた。ある婦人のハンカチに血がついていたところを見ると、どこか怪我でもしていたのだろう。エピファニーア家の娘たちがこちらに走ってきたが、あの二階の桟敷に登れなかったのでひどく腹を立てている様子だった。彼女たちはまるでぼくのせいだと言わんばかりににらみつけた。彼女たちが外に出た頃を見計らって、出口の階段に向かった。ちょうどその時、赤い服の女と供の者たちが休憩室に現われた。男たちはさきほどと同じように女のあとに従っていたが、どうやら彼らは服の裂けた個所をおたがいに隠し合っていたらしい。しかし、先頭にいた赤い服の女は傲慢な態度であたりを見まわしていた。そばにきたその女を見ると、舌なめずりし、薄笑いを浮かべたその唇を舌でゆっくりなめまわしていた。

Ⅱ

キクラデス諸島の偶像

「どうでもいいことなんだが、これだけは言っておこうと思ってね」そう言ったのはソモーサだった。

モーランは遥か遠い世界から戻ってきたかのように、我に返った。ソモーサは頭がどうかしはじめたな、そう考えたのはたしか取りとめのない空想にふける前だった。

「すまない、少し考えごとをしていたんだ」とモーランは弁解した。「きみの考えによると、これは……ともかく、ぼくがこうしてやってきて、きみに会うというのも……」

しかし、そう簡単に頭がどうかしはじめたと決めつけるわけにはいかなかった。

「そうなんだ、説明するにも言葉がないんだ」とソモーサは続けた。「少なくとも、ぼくたちの言葉じゃね」

二人は一瞬目を合わせたが、モーランの方が先に目をそらした。ソモーサはまるで別人のようにかん高い声を張りあげてしゃべりはじめたが、その説明はたちまち訳のわからない呪文のようなものに変わった。彼の方を見まいとすると、目は自然に円柱の上の彫像に引き寄せられた。彫像を見て彼は、草いきれと蟬の声がうるさかった午後のことを思い出した。信じられないことだが、あの日、ソモーサと彼は島で彫像を掘り当てたのだ。ついで、あの時のテレーズのことが思い出された。彼女は発掘中の穴から数メートル離れた、パロス島の海岸線がのぞめる大岩の上に寝そべっていた。ソモーサの叫び声を聞いて振り返り、しばらくためらっていたが、赤い水着のブラジャーを手に持っているのも忘れて駆けてくると、ソモーサが両手で像を差し上げている穴の中をのぞき込んだ。彫像は錆《さび》と石灰質の付着物で見分けがつかなくなっていた。モーランはテレーズにむかって胸を隠せと大声で叫んだが、おかしいとも腹立たしいともつかない気持ちだった。彼女は一瞬きょとんとして体を起こしたが、急にうしろを向くと両手で胸を隠した。ソモーサは彫像をモーランに渡すと、穴から飛び出した。そのあとのことも記憶によみがえってきた。彼らは急流の岸に張ったテントで夜を迎えたが、テレーズの影は月の明るいオリーブ林の中をさまよっていた。あの夜のことを思い出したせいで、このがらんとした彫刻のアトリエに響き渡っているソモーサの単調な声まであの夜から届いてくるように思われた。あの時、ソモーサは自分のばかげた願望を彼に打ち明けていた。

モーランは二杯目のレチナ・ワインを飲みながら、笑い声を立てて、きみって奴はえせ考古学者で癒しがたい詩人だな、とからかっていた。

「説明するにも言葉がないんだ。少なくとも、ぼくたちの言葉じゃね」ソモーサは今そう言った。

スコロス渓谷の奥に張ったテントの中で、ソモーサは時間と忘却が着せた偽りの衣装をはぎ取ろうと彫像を撫でまわしていた。オリーブ林にいたテレーズは、モーランに咎められたことや、彼のばかばかしい偏見に対してまだ腹を立てていた。ソモーサは自分の愚かしい夢を話していた。つまり、手や目、あるいは学問とは違った道を通っていつかその彫像にたどり着けると言うのだ。夜はその間も休みなく巡っていた。タバコや酒を飲みながら語り合う二人の耳に、コオロギのすだく声や川の瀬音が聞こえていた。そのうち、二人とも頭がぼうっとしはじめ、漠然とした取りとめのない印象だけが残った。やがてソモーサは彫像をもって自分のテントに戻っていった。モーランは、ひとり歩きにも倦きて戻ってきたテレーズをつかまえると、ソモーサの願望を話してやった。二人は、パリジャンらしくやさしい皮肉をこめて、ラプラタ河流域の人間はどうも空想癖があるようだ、といったことを話し合った。寝る前に、その午後の出来事が話題にのぼったが、テレーズはモーランの弁解を聞き入れてやり、彼に口づけをした。二人はいつどこにいてもそんな風に仲直りするが、あの島でもそれは変わらなかった。夜が二人を包み込み、永遠の忘却が訪れた。

「ほかに知っている人はいるのかい？」

「いや、きみとぼくだけだ。その方がいいと思ってね」とソモーサが答えた。「ここ二、三カ月はずっと部屋にこもっているんだ。最初のうちは、婆さんが来て部屋の片づけをしたり、洗濯をしてくれていたんだが、うるさくなってきてね」

「パリの郊外でこんな暮らしができるなんて、まるで夢みたいだな。静かだし……ところで、食事はどうしているの、村へ買いに行くのかい？」

「さっきも言ったが、以前はそうだった。しかし、もうその必要はないんだ。ほら見てくれよ、要るものはなんでもそろっているだろう」

モーランはソモーサの指さした方を見た。本棚には彫像と複製が置いてあり、その向こうには木切れや石膏、石ころ、ハンマー、埃などが見え、窓ガラスには木の影が映っているだけの殺風景なものだった。ソモーサが指していると思われる片隅の床には汚れた雑布が投げ出してあるだけで、他には何も見当たらなかった。

しかし、この二年という歳月が時間の空ろな片隅でしかなく、言うべきであったのに言わずに済ませてきたことがあの汚れた雑布のようなものだとすれば、ソモーサの言葉も一概に嘘だと決めつけられなかった。サン・ミシェル大通りのカフェ・テラスで生まれたロマンチックな夢想、それがキクラデス諸島発掘旅行だった。しかし、それも、渓谷の遺跡であの彫像を掘り当てたとたんに夢想でなくなった。最初の数週間は人に見つかるのではないかという不安があって、かえって三人とも陽気に振舞っていた。しかし、ある日三人で浜辺へ降りていった時、ソモーサがただならぬ目つきをしているのにモーランは気づいた。その夜、彼はテレーズと相談して一日も早くパリに戻ることにした。ソモーサを敬愛している二人にしてみれば、彼が苦しみはじめるのを黙って見ていられなかったのだ。思いがけない事態だった。パリに戻ってからは、三人そろって顔を合わすことはめったになかった。モーランはたいてい仕事にかこつけて、ひとりで出かけていった。最初に訪れた時、ソモーサはテレーズのことを尋ねたが、さほど気にしていない様子だった。はっきり口に出して言うべきであったことが、今さら二人の心に重くのしかかってきた。たぶんそれは、三人の心にある種のわだかまりを残したにちがいない。彫像はぼくがしばらく預かっておくとソモーサが言ったので、彼は承諾した。彫像は二年間売却できなかった。アテネの税関吏と知り合いだという大佐と親交のあったマルコスを買収する時に、二年間は売却しないことという条件をつけられたのだ。彫像はソモーサがアパートに持ち帰ったので、彼と会う時しか目にすることができなかった。彼がモーラン夫妻を訪れるという話はついぞ出なかった。お互いに触れようとしないほかのことと同様、そこにはテレーズが絡んでいたのだ。どうやらソモーサは、自分の固定観念で頭がいっぱいのようだった。たまに、アパートへ酒でも飲みにこないかと声をかけることがあっても、それはいつもの話を繰り返すためにほかならなかった。もっとも、だからといってべつに驚くこともなかった。ソモーサはある種の異端文学に傾倒していたが、そこから考えれば、彼の何ものかに対する憧憬《しょうけい》の念も容易に説明がつく。ただ、自分の願望を一本調子に語るソモーサの熱っぽい口調には少なからず驚かされた。それを聞いていると、いつもモーランは取り残されたような気持ちになった。また、彼があのたとえようもなく美しい彫像を飽きもせず撫でまわしたり、単純な呪文を疲れるまで唱えるのにもびっくりさせられた。彼の固定観念をモーランは自分なりに解釈していた。つまり、考古学者というのは自ら探究し解明した過去と多少とも一体化する。彼は過去の遺物と固く結ばれることによって、理性の枠を越え、さらには時間空間をも変質させる。そこに一種の空隙が生じるが、その隙間を通って……ソモーサはけっしてこのような説明をしなかった。ソモーサは、たいてい、人には理解できない呪文めいた暗示的な文句を唱えるにすぎない。その頃から彼は、無器用なりに影像の複製を手がけるようになっていた。ソモーサがパリを出ていく前に複製を見せてもらったことがある。その時も、自分がいろいろなジェスチャーや状況をくり返すのは、それらを逆に無化するためなのだというこつもの説をまくし立てていた。モーランは彼の言葉を友人として黙っておとなしく聞いていた。倦《う》むことなく対象に近づこうと努めれば、いつか始原の影像と一体化できるはずだ。一見、それは重複のように見えるが、二つのものが一つに重なるのではない。すなわち、完全な融合、本原的な触れ合いが起こるのだ。いつか必ずそこに辿り着けるはずだ。ソモーサはそう固く信じていた。(以上はソモーサの言葉ではない。その後、テレーズに説明してやる必要があったので、モーランが自分なりに言い変えたものだ。)ソモーサの言う触れ合いは、今から四十八時間前、夏至の夜に本当に起こったのだ。

「なるほどね」モーランは新しいタバコに火をつけながらうなずいた。「しかし、どうしてそんなに確信をもって言い切れるのか教えてもらいたいな……つまり、きみが本質に触れたってことさ」

「説明か……きみには見えないかい?」

ソモーサはふたたびアトリエの片隅の方に手を伸ばした。手は半円を描いていたが、その中にはほっそりした大理石の円柱の上の彫像と、それを収めているありもしないお堂が含まれていた。彫像は反射灯の明るい光の中に浮かび上がっていた。モーランは、プラッカの地下室でマルコスが作った犬のぬいぐるみに彫像を隠して、テレーズが国外に持ち出した時のことを思い出した。

「ひょっとしたら、という気持ちはあった」とソモーサは子供っぽい口調で言った。「複製をひとつ作るたびに、一歩ずつ近づいていったんだ。形がぼくを認めはじめた。つまり、その……説明するには何日もかかりそうだ……ばかげていると言えばそれまでだが、そこにあるすべてのものが、ある……だけど、これが……」

彼の手はそこ、これといった語を強調しながら忙《せわ》しなく動いていた。

「要するに、きみは彫刻家になったわけだ」そう言ったものの、まずいことを言ったと後悔した。「最近作った複製があるだろう、あの二体はすばらしい出来だよ。渡されても、本物かどうか見分けがつかないくらいだ」

「あれはきみには渡さない」ソモーサはあっさり言った。「彫像は二人のものだ。むろん忘れてはいないよ。とにかく、ぼくについてきてもらいたいんだ、きみとテレーズに。あの夜、ぼくはとうとう彫像に辿り着いたが、きみたちもいっしょだとよかったんだ」

モーランの知る限り、彼がテレーズの名を口にしたのは、この二年間でそれがはじめてだった。彼にとっては、その時までテレーズは死んだも同然だった。しかし、テレーズの名を口にした時の口調は、三人で浜辺に降りていったあのギリシャの朝と同じで、少しも変わっていなかった。ソモーサの奴、まだ諦められないんだな。あわれな狂人だ。ソモーサから電話のあったあと、車に乗ろうとしてふとモーランはテレーズのオフィスに電話を入れようと思いついた。なぜあの時、彼のアトリエで落ち合おうと言ったのだろう。考えてみればおかしな話だ。あとで彼女に尋ねてみよう。丘の上にぽつんと建っているあの建物までの道順を聞きながら何を考えていたのか。また、自分がどんな風に説明したのか詳しく尋ねよう。モーランは内心、自分のそうした性癖を呪わしく思った。博物館で微少な陶器の細片をつなぎ合わせてギリシャ時代の壺を復元するように、彼は自分の生活を体系的に再現しようとする癖があった。目の前ではソモーサが手を忙しなく動かしてしゃべっていたが、その手までが空気の小片をつなぎ合わせて透明な壺を復元しているように思えた。彼が彫像を指さしたので、モーランは仕方なくあの月のように白い彫像にふたたび目をやった。先史時代の昆虫を思わせるその彫像は、考えもつかないほど古い時代、何千年、いやもっと古い昔に生きた人間が、もはや知る術もない状況のもとで刻み上げたものだ。人間が獣じみた叫び声をあげ、飛び跳ねていた時代、そのはるかな過去にあっては、豊饒の儀式が潮の満干、夏至、冬至、発情期、荒々しい贖罪《しょくざい》の儀式と交互に執り行なわれていた。彫像の無表情な顔は極度の緊張をたたえた盲目の鏡を思わせたが、顔の中心を走る鼻の線が鏡を歪めていた。わずかにふくらんだ胸、三角形の恥部、腹に巻きつけられた両腕、あれこそは始原の偶像だった。丘の祭壇で生贄の上に打ちおろされる石斧を持ったあの像は、聖なる時代の儀式のもとでの原初の恐怖を表わしていた。

「むずかしいとは思うが、なんとか説明してくれないか。なにせ、ぼくが知っているのはきみがこの数カ月間複製作りにかかっていて、二日前の夜に……」

「簡単なことだよ」とソモーサは答えた。「前々から、ぼくは何かべつな存在と触れ合っていると感じていたんだ。しかし、五千年にわたって人間が誤った道を歩んできたものだから、それをもう一度辿り直さなくてはいけなかった。これは大仕事だったよ。奇妙なことに、エーゲ人の末裔である彼ら自身でさえ誤っていたんだ。それはいいとして、いいかい、こういうことなんだ」

彼は像に近づくと、片手を上げて像の胸と腹の上にそっと載せ、もう一方の手で喉を撫でた。やがて、その手を口があると思われる個所まで持ち上げた。モーランの耳に届いてくるソモーサの低いくぐもったような声は、まるで像の存在しない口から洩れてくるように思われた。その声は、煙のたちこめる洞窟の中で語られる狩猟の話や追いつめられた鹿のこと、後になって明かされる名、脂の青い輪、平行して流れる二本の河、ポークの幼年時代、西の階段に向けての行進、不吉な影の下の休息のことなどを語っていた。彼はふと、ソモーサが油断している隙に、テレーズに電話をかけてヴェルネ医師を連れてくるように伝えられないかと考えた。しかし、テレーズはもうオフィスを出ているだろう。多くのものたちが咆哮している岩山の端では、緑の戦士たちの長がもっとも美しい牡鹿の左の角を切り落とし、ハゲサとの契約を更新するために、塩を守る戦士の長にその角を差し出していた。

「悪いが、一息つかせてくれないか」モーランは立ち上がると一歩前に進み出て、そう言った。「とほうもない話だね。喉がひどく乾いているんだ。何か飲むものはないかい。ぼくが取ってくる……」

「ウィスキーならそこにある」ソモーサは彫像からゆっくり手を離すとそう言った。

「ぼくはいい、供犠の前で断食をしているんだ」

「残念だな」とモーランは瓶を探しながら言った。「ひとりでやるのはさみしくてね。ところで何の供犠だい？」

彼はコップにウィスキーを注いだ。

「きみの言葉で言えば、結合の供犠ってことかな。ほら、聞こえるだろう。二本のフルートだ。アテネの博物館で見た彫像が持っていたものだよ。生命の音は左から、不和の音は右から出るあのフルートだ。だが、ハゲサにとっては不和は生命と同じなんだ。あの祭儀が終わると、奏者たちは左のフルートを吹く。そのとき聞こえるのは、流れた血を啜《すす》る新しい生命のヒュウヒュウという音だけだ。奏者たちは血を口いっぱいに含み、左のフルートからそれを吹き出す。ぼくはこんな風に像の顔に血を塗りつけてやるつもりだ。そうしたら、血の下から目と口が浮かび上がってくるはずだ」

「ばかな話はよせ」とモーランはウィスキーをあおりながら言った。「大理石の彫像に血は似つかわしくない。それにしても、暑いな」

ソモーサはゆっくり落ち着いた動作でシャツを脱ぎはじめた。彼がズボンのボタンを外しはじめたのを見て、まずいことになったぞ、彼の固定観念《オブセッション》をおかしく煽《あお》り立てたばかりにとんでもないことになってきた、とモーランはつぶやいた。反射灯の光の中に立っているソモーサの裸体は、痩せて日に焼けていた。彼はあらぬ一点を見つめ、だらしなく開いた口からは涎《よだれ》が糸を引いていた。モーランはそれを見て、あわててグラスを床に置いた。うまく相手の気を逸らさないと、とてもドアまで行けそうにないと判断した。いつの間につかんだのか、ソモーサの手には石斧が握られていた。これで理解できた。

「おおかたこんなことだろうと思ったよ」ゆっくり後退りしながらモーランは言った。「ハゲサとの契約なんだな。あわれなモーランの血を捧げようってわけか」

ソモーサはあらぬ方を見たまま、あらかじめ引かれた道筋を辿るように半円を描きながら近づいてきた。

「本気で殺すつもりなのか？」薄暗い部屋の片隅に後退りしながら彼は大声で尋ねた。「それなら、どうしてこんな芝居がかったことをするんだ。もとはと言えば、テレーズが原因だろう。だが、彼女はきみを愛したことなんてない。これからだって、愛したりしないはずだ。ぼくを殺して何になるんだ」

ソモーサの裸体は反射灯の光の輪の外に踏み出していた。モーランは部屋の薄暗い片隅に逃げこみ、床の上の濡れた雑布を踏みつけた、もうあとがなかった。石斧が振り上げられたのを見て、テヌル広場のジムでナガシに教えられた通りに飛びかかった。相手の股間を蹴り上げると同時に、左の首筋を殴りつけた。石斧は斜め向こうに吹っ飛んだ。モーランはのしかかってきた相手の体を軽く跳ねのけると、武器を落としたソモーサの手首をつかんだ。ソモーサは惚《ほう》けたような弱々しい悲鳴をあげていたが、その額の真中には斧が突き立っていた。

ソモーサの顔をあらためる前に、アトリエの隅の雑布の上に食べたものをもどした。おかげで胃が軽くなり、気分がよくなった。グラスを取り上げると残りのウィスキーを飲み、考えをまとめた。そろそろテレーズのくる頃だが、やってきたら、警察に通報して、事情を話さなくてはいけない。ソモーサの足をつかんで反射灯の光の中に引きずっていきながら、これは正当防衛だと説明すれば、簡単に認められるだろうと考えた。ソモーサは人と付き合いもなく、奇人で通っている。誰もが認めているように、彼は狂人なのだ。モーランはかがみこむと、死体の顔や髪をつたって流れている血の中に両手を浸した。腕時計は七時四十分を指していた。テレーズは間もなく着くはずだ。部屋を出て、庭か通りで迎えてやる方がいいだろう。偶像の顔から血がしたたり落ちているのを見たら、きっと肝を潰すにちがいない。血は細い糸のように首筋をつたい、乳房をなぞりながら三角形の恥部でふたたび合流し、太腿をつたって流れ落ちていた。石斧はまだ生贄に捧げられた男の頭に深々と突きささっていた。モーランはその斧を引き抜くと、血糊でべたべたする手で重さを計ってみた。死体を足で押して円柱に近寄せると、部屋の匂いを嗅ぎ、ドアのそばに近づいた。テレーズが入りやすいようにドアは開けておこう。彼は斧をドアのそばに立てかけると、服を脱ぎはじめた。中は暑苦しく、人いきれでむっとするような臭いがした。タクシーの停まる音が聞こえた。テレーズの声がフルートの音をかき消した時、彼はすでに服を脱ぎ終えていた。明かりを消すと、テレーズは一度も時間に遅れたことがないと考えながら、モーランは手にもった石斧の刃を嘗めて待ち構えた。

黄色い花

信じてはもらえないだろうが、ぼくたちは不死の存在なのだ。そのことを知ったのは、不死でない人間、つまり、死すべき運命にある男と会ったことがあるからだ。カンブロンヌ街のある酒場で、男は自分の身の上話をしてくれた。酒場の主人やカウンターにいる古なじみの客たちは、涙の出るほど笑い転げていたが、酔っていた男は彼らに構わず本当のことを話してくれた。ぼくにしがみつくようにしたところを見ると、話を聞きたそうにしていたのに気づいたにちがいない。ぼくたちは、静かに酒を飲んだり話のできる、隅のテーブルに腰をおろした。話によると、彼は市役所を停年で退職しており、妻は両親のもとに一時帰っているとのことだったが、これは奥さんに棄てられたということだ。教養もあり、まだ老衰というほどの年でもなかったが、顔の肌はかさかさに乾き、目は結核患者のようにうるんでいた。何かを忘れようとして酒をあおっているにちがいなかった。事実、五杯目の赤ワインを飲みはじめると、自分の方からしゃべりはじめた。

彼にはパリジャン特有のくさみが感じられなかった。どうやらこの匂いを感じとるのは、われわれ外国人だけのようだが。爪は手入れが行き届いており、フケも見られなかった。

彼の話は次のようなものだった。九十五番のバスに乗っていて、十三歳くらいの少年を見かけた。しばらく見ているうちに、その子が自分に、つまり今でもよく憶えているあの年頃の自分にそっくりだということに気づいた。見れば見るほどよく似ていた。顔立ちといい、手といい、額にかかった前髪や両目の離れ具合いといい、実によく似ていた。しかも、おどおどした態度や雑誌に読みふけっている姿、髪の毛をうしろに撫でつける手つき、ちょっとした動作やひどく無器用なところまで瓜二つだった。思わず吹き出したくなるほど似ていた。その少年がランヌ街で降りたので、彼もモンパルナスで友人が待っているのも構わずバスを降りた。なにか話しかけようと思って、ある街の名を尋ねた。声まで少年時代の彼にそっくりだったが、今度はもう驚かなかった。尋ねた街の方へ少年が歩き出したので、二人はいくぶん気まずい思いで、二、三区画いっしょに歩いた。その時、一種の啓示のようなものが閃いた。なにひとつ確証はなかったが、説明して片づくような問題ではなかった。説明しようとすれば、ちょうど今のようになにもかも曖昧で、ばかげたものになってしまうのだ。

手短に話そう。彼は手をまわして少年の家をつきとめた。昔ボーイスカウトの隊長をしたことがあるので、それで相手を信用させると、堅固な要塞にもたとえられるフランス人の家庭にうまく入り込んだ。家は貧しかったが、小ぎれいにしてあった。少年はかなり年配の母親と退職したおじさん、それに二匹の猫といっしょに暮らしていた。彼はその後、自分の弟に話をして、十四歳になる甥を預かると、あの少年に会わせたが、二人はたちまち仲のいい友達になった。それからというもの、毎週のようにリュックの家に出かけていくようになった。彼が訪れると、母親はいつも温め直したコーヒーでもてなしてくれた。二人は戦争や占領当時のこと、リュックのことなどを話題にした。以前には啓示としか思えなかったものが、今では疑う余地のない明白なものとなり、人が好んで宿命と呼ぶあの明晰な形をとりはじめた。言い変えれば、リュックは少年時代の彼であり、もはや死すべき運命は存在しないのだ。つまり、われわれは皆不死の存在なのだ。

「われわれは不死の存在なのですよ。これまで誰ひとりそれを証明した人はいませんが、九十五番のバスに乗り合わせた私がそれを証明することになったのです。正確無比な輪廻の歯車にちょっとした狂いが生じ、時間に襞《ひだ》がよってしまったのです。本来なら引き続いて起こるべき生まれ変わりが同時に起こってしまったのですよ。リュックは私の死んだあとに生まれてくるはずだったのです。それが……バスの中であの子に出会ったというのは嘘のような話ですが、今はそれに触れずにおきましょう。さきほども話したと思いますが、あれは説明など不要な絶対確実なことだったのです。ただ、こうだと言えば片づくのです。しかし、その後やはり疑念が生じてきました。こういう場合、誰でも自分は頭がどうかしているのだろうと考えたり、トランキライザーを飲んだりするものです。疑念はありましたが、それをひとつひとつ打ち消していき、自分の考えは正しい、疑う理由などないのだという確信を得ました。これから申し上げる話をあそこにいるばかな連中に話してみようという気持ちになることもあります。しかし、連中は笑うだけでしょう。リュックは以前の私であるばかりでなく、こうして話している貧しくて不幸な現在の私のような人間になるはずでした。あの子が遊んでいるところや、おかしな転び方をして足を挫いたり、鎖骨を脱臼したりするのを見ただけでも分かります。それに、感情がすぐ表に現われるのです。人からなにか尋ねられると、とたんに顔がパッと赤く染まったものです。母親は対照的でした。もっとも、母親というのはどこでも話し好きで、子供が消え入りそうに恥ずかしがっているのも構わず、平気でなんでもしゃべりたがるものですが。人に言えないような内輪話やはじめて歯が生えた時のこと、八歳の時に書いた絵、病気のことなど……疑うことを知らない善良な人間なんですね。おじさんにはいつもチェスの相手をさせられました。家族同様の扱いを受けていたわけで、月末には入用の金を用立てしたこともあるくらいです。そんなわけですから、リュックの小さい頃のことはわけなく聞き出せました。おじさんのリューマチや門番女のこと、政治が悪い、といった二人の老人の気に入りそうな話をしながら、時々尋ねればよかったのです。王手をかけたり、肉が高くなったという話をしながら、リュックの幼い頃のことを聞き出していったのですが、聞けば聞くほどあの子が自分の生まれ変わりだという確信が強まりました。どうです、もう一杯。まちがいなく、リュックは私でした。あの年頃の私だったのです。ですが、まったくの生き写しというわけではありません。むしろ、非常によく似ていると言った方がいいでしょう。私は七歳の時に手首を脱臼したのですが、リュックは鎖骨をやりました。九歳の時には、それぞれハシカとショウコウ熱にかかっていますが、ここで話が少し入り組んできます。私の方は半月ばかりハシカにかかっていたのですが、リュックは四日で治っています。おそらく、薬と医学が進歩したせいでしょう。なにもかも、よく似ています。ここで面白い例をあげてみましょうか。ひょっとして、あそこの角のパン屋の主人はナポレオンの生まれ変わりかもしれないのです。社会はすっかり変化しましたし、バスの中で生まれ変わりの相手と出会うこともないでしょうから、本人はむろん気づいていません。そうと分かれば、これまで歩んできた道とこの先待ち受けている運命がナポレオンのそれと同じだということに気づくはずです。一介の皿洗いから身を起こしてモンパルナスの立派なパン屋の主人におさまる、これはコルシカ島に生まれた男がフランスの王座につくのとそれほど変わりはないのです。これまでのことを思い返せば、あのパン屋の主人も、エジプト戦役や執政官時代、アウステルリッツの戦いに相応する時期を経てきたこと、またこの数年の間にあの店がどうなるかということに思い当たるはずです。いずれ彼は、セント・ヘレナ島ならぬ六階の屋根裏部屋で死を迎えることになるでしょう。ナポレオンのように、敗北感を味わい、孤独の水に囲まれながらも、かつて自分のパン屋は飛ぶ鳥を落とす勢いだったと誇らしげに思い返すことでしょう。分かっていただけますね」

ぼくは納得していたが、わざと次のように言ってみた。「しかし、幼い頃は誰でも似たような病気にかかるものですし、サッカーをして骨を折ったりするじゃありませんか」

「なるほど、そう言われてみますと、私は目立った一致点しかあげませんでしたね。たしかに、リュックは私にそっくりでした。そのおかげで、バスの中で啓示を得たわけですが、あの子が私によく似ているというのはどうでもいいことなのです。ほんとうに重要なのは一連の出来事なのですが、これはその人の性格、おぼろげな記憶、子供らしい作り話などと関わっているだけに、なかなか説明しにくいのです。あの頃、つまり私がリュックの年だった頃のことですが、それはつらい思いをしました。最初は病気になったのですが、これがなかなか良くならなかったのです。その後、元気になったので、友達といっしょに遊びに行ったのですが、腕を折ってしまいました。それが治り切らないうちに、同級生の姉さんを好きになってしまいましてね。向こうはからかっていただけなのですが、こちらは相手の目も見つめられなくて、情けない思いをしました。リュックもやはり病気にかかっています。良くなったので、サーカスに連れて行ってもらったのですが、階段を降りる時に足を踏みはずして、くるぶしを脱臼してしまいました。それからしばらくして、ある日の夕方、母親はあの子が窓のところで泣いているのを見ています。あの子の手には青いハンカチが握られていましたが、家では見かけないものだったそうです」

なにごとによらず反論する者がいて当然だと思い、ぼくも、骨折したり肋膜にかかるとたいていその子は恋をするものですよ、と言ってみた。しかし、模型飛行機の話を聞かされた時は、さすがに驚いた。それは誕生祝いに彼がリュックに届けてやったものだった。

「あの子に飛行機を渡しながら、私は昔のことを思い出していました。十四の時に、母からメッカーノの模型をプレゼントに貰ったのですが、その模型がどうなったと思います？　あの日は、間もなく雷雨になるというので雷の音も聞こえていたのですが、私は庭の東屋《あずまや》の机で模型のクレーンを組立てていました。その東屋は表通りに面したドアのそばにあったのです。家に入りなさいと言われたので、中に入り、しばらくして戻ってみると、メッカーノの箱が姿を消し、ドアが開け放たれていました。私は大声で叫びながら飛び出して行ったのですが、通りに人影はありませんでした。ちょうどその時に、向かいの別荘に雷が落ちました。すべてがあっという間の出来事だったのです。リュックに飛行機を渡しながら、私はそんなことを思い出していました。あの子はメッカーノをもらった時の私を思い出させるような実に嬉しそうな顔をしていました。母親がコーヒーを運んできたので、いつものように挨拶したのですが、その時に叫び声が聞こえました。リュックは飛び出さんばかりの勢いで窓の方に駆けて行ったのですが、目には涙が浮かんでいました。真っ青な顔で、つっかえつっかえ話してくれたところでは、飛行機を飛ばすと、半開きになった窓の間をすりぬけるようにして外に飛んで行ってしまったと言うのです。『どっかに行っちゃった、見えなくなったんだ』と泣きながら、そうくり返していました。下の方で誰かが叫んでいるようでした。すると、おじさんが駆けこんできて、向かいの家が火事だと教えてくれたのです。お分かりいただけますね、さあ、もう一杯やりましょう」

ぼくが黙りこんでいたので、彼は話を続けた。それからというもの、彼は現在のリュックとその運命のことばかり考えるようになった。母親はあの子を工芸学校に入れるつもりでいたが、そうしてやれば、高望みは無理でも、彼女が言うように自分の手で人生を切り開いていけるはずだった。しかし、道はすでに開かれていたのだ。母親とおじさんに向かってそんなことを言えば、気違い扱いされたうえに、二度とあの子に会わせてもらえなくなることは分かりきっていた。何も言わなかったが、彼にはあの子の行末が見えていた。なにをしても無駄なのだ。あの子のために何をしようが、結果は同じだ。何度人から蔑《さげす》まれ、毎年毎年変化のない年を迎え、情けない思いで同じことをくり返す。

も失敗を重ねるうちに、衣服も心もぼろぼろになり、最後には恨みがましい気持ちになって人を避けて暮らし、場末の居酒屋で酒をあおるようになる。それがリュックひとりの運命ならあきらめもつく。しかし悲しいことに、リュックが死ねば、べつの人間がリュックや彼と同じ運命を辿ることになる。その人間が死ねば、またべつの男が同じ輪廻の歯車に巻きこまれる。もはや、リュックのことはそれほど気にかからなくなった。夜毎、彼の悪夢に現われるのは、もうひとりのリュック、ロベール、クロード、ミシェルといったべつの人間たちだった。あわれなその男たちは何も知らずに、自分では気随気《きずいき》儘《まま》に生きているつもりでいるのだろうが、その実、彼らと同じ運命を辿ることになるのだ。運命の力に抗し難いのであれば、酒でも飲むより仕方がない。

「リュックはそれから数カ月して死にました。そのことをあそこにいる連中に話したら、せせら笑っていました。あの連中には理解できないんですよ、ばかな奴らだ……あなたまでそんな目で見つめないで下さい。リュックは数カ月後に死んだのです。最初は気管支炎のようでした。私は同じ年に急性肝炎にかかっているのですが、さいわい病院に入れてもらいました。ところが、リュックの母親は自宅で治療すると言ってきかないのです。私は毎日のように見舞いに行きましたし、時には遊び相手に甥を連れて行ったこともあります。向こうの家は大変困っていましたから、私がリュックの遊び相手を連れて行ったり、薫製ニシンやケーキをもって見舞いに行ってあげたので、助かったにちがいありません。私なら特に安くしてくれる薬屋があると言うと、それからは私が薬を買うことになりました。結局、私はリュックの看護人になってしまいました。お分かり頂けると思いますが、あのような貧しい家ですと、医者もあまり熱心に診察してくれません。最初の見立てと末期の症状がまったく同じだったところで、気に留める人もいないのです……どうして、そんな顔をなさるんです。何か妙なことを申しましたか？」

「いや、べつに妙なことなど言っておられませんよ、それだけ飲んでおられるにしては、しっかりしたものです。リュックの死には何か恐ろしい秘密が隠されているかもしれません。しかし、そうでなければ、空想癖のある人が九十五番のバスの中で空想にとらえられる。やがてそれが、静かに息を引き取っていく少年のベッドのそばで終わりを告げる。あの子の死をそんな風に考えてみることもできますね」相手の気持ちを静めようと思って、ぼくはそう言った。彼はしばらく宙を睨んでいたが、やがてまた話しはじめた。

「お好きなようにお考えになって下さい。実を言いますと、あの子のお葬式が済んで

二、三週間は、幸福といってもいいような気分にひたっていました。あんなことはかつてなかったことです。リュックの母親には、時々菓子折を提げて会いに行きましたが、あの人やあそこの一家のことはもうあまり気にかかりませんでした。自分こそ死すべき運命にある最初の人間だ、そう考えてぼんやりしていました。酒を飲み暮らしているうちに、一日一日自分の人生は終末に近づいていく。いつどこで亡くなったかしれない人と同じ一生を送り、いつかどこかで自分も息絶えることになるのだ、そう感じていました。輪廻の歯車に巻き込まれ、不条理にも愚かしい人生を送るはずであったリュックを失った私は生ける屍《しかばね》も同然だったのです。ところが、私はなんとも言えない充実感を味わっていました。あの頃は人に羨まれて当然なほど幸福でした」

どうやら、それもあまり長続きしなかったようだ。居酒屋で酒びたりになっている彼や、どこが悪いわけでもないのに熱っぽくうるんでいる目を見れば、彼がけっして幸福でないことは誰の目にも明らかだった。彼は何の変哲もない毎日の生活や、離婚の苦しみ、五十歳になっての破滅を味わいながら、その一方で、自分ひとりがまちがいなく死んでいくのだと思い込んでいた。彼はあの日の午後、リュクサンブールを横切っていて、一輪の花にふと目をとめた。

「花壇の端に、どこにでも見かける黄色い花が咲いていました。煙草に火をつけようと思って立ち上がった時に、何気なく目をとめたのです。なんだか花に見つめられているような感じでした。つまり、触れ合いというのでしょうね、時々……お分かりでしょう。誰もが感じるあの美と言われるものです。そう、美しい、じつに美しい花でした。しかし、私は呪われていた、永遠に死すべき運命にあったのです。ほんとうに美しい花でした。これから生まれてくる人たちにはあのような花があるのです。その時はじめて、虚無とは何かを、自分がそれまで安らぎ、長い連鎖の末端だと信じていたものの正体を知ったのです。私はやがて死ぬはずだし、リュックはもう死んでこの世にいません。私たちのような人間には、この先一輪の花さえ存在しない、なにも、なにひとつないのです。私はマッチの火でやけどをしました。広場に着くと、行先も確かめずバスに飛び乗りました。街にあるもの、バスのなかのもの、すべて、ありとあらゆるものを貪《むさぼ》るように眺めました。バスが終点に着いたので、降りて郊外に向かうべつのバスに乗り換えました。その日の午後は、暗くなるまで、何台ものバスを乗り継ぎましたが、その間じゅう、あの花やリュックのことばかり考えていました。乗客の中に、リュックに似た人、私かリュックに似た人はいないかと目を皿のようにしていました。もしいれば、何も言わずそっとしておくつもりだったのです。それどころか、その人が愚かしくも悲しい一生を送れるよう見守ってやるつもりでした。その人が愚かしい挫折の一生を送る、すると次の人がまた同じ一生を送る、どこまでもそれがくり返される……」

ぼくは勘定を払った。

夕食会

時間とは、チェスの遊びをしている子供である。
――ヘラクレイトス『断章』五九

フェデリーコ・モラエス博士の手紙

ブエノスアイレス、一九五八年七月十五日。

アルベルト・ローハス殿。
ロボス、F・C・N・G・R。

親愛なる友へ。

年を取るとおたがい何かと事情があって、なかなか会えないものですが、毎年この頃になると日頃疎遠な旧友たちに再会したいという気持ちに駆られます。食事のあと、昔話に花を咲かせれば、失われたはずの青春もしばしよみがえり、まだそれほどの年ではないと思えるものですが、むろんあなたも我々とその楽しみを分かち合って下さるものと信じております。

もちろん、第一番にあなたをお呼びするつもりでおります。ロボスの農場には、ブエノスアイレス全市にも換えがたいほど大切なバラ園と書斎がおありでしょうが、二、三時間ばかりそこを離れて頂きたく思い筆をとった次第です。列車と都会の喧騒に悩まされることと思いますが、そこを曲げて是非御出席下さるようお願い申し上げます。＊＊氏を除いて、いつもの顔ぶれが集まる予定です。また、夕食は例年通り当方で用意させて頂きます。あなたにお出ましいただく以上、当方も充分時間的余裕を見たうえで日取りを決めたく思っております。つきましては……。

アルベルト・ローハス博士の手紙

ロボス、一九五八年七月十四日。

フェデリーコ・モラエス殿。
ブエノスアイレス。

親愛なる友へ。

楽しい夕食会が終わった数時間後に、このような手紙を受け取られてさぞ驚かれたことと思います。しかし、あの時起こった事件のことが気にかかり、筆をとらずにはおられませんでした。御承知のように、小生は大の電話嫌いのうえに筆不精ときておりますが。しかし、こうしてひとりになってあの出来事を思い返してみますと、筆をとって手紙を書いてよかったと思っております。実のところ、ブエノスアイレスからこれほど離れていなければ(老いた病人には僅かな距離も遠く感じられるものです)、今すぐそちらにお伺いしてあのことをお伝えしたいくらいです。余談はさておき、本題に入ることにしますが、その前に、すばらしい夕食会を催して下さったあなたに改めて謝意を表しておきます。私はもちろん、ルイス・フネス、バリオス、ロビローサといった面々も、あなたがこのうえなく魅力的な方であり(これはバリオスの言です)、また得難いホストであるという点で意見の一致を見ました。ひとり住まいのせいでおぼろげになっていた昔の思い出が、旧友たちと再会したおかげでよみがえってきましたが、これも夕食会のもたらしてくれた功徳と言えましょう。たとえあのような事件があったにせよ、昔のことが懐かしく思い出されたことを心から喜んでおります。

例の件ですが、あなたは本当にお気づきでなかったのでしょうか。こうして筆をとってみたものの、ロビローサとルイス・フネスのあの不愉快な諍いがもとで気を悪くされた。しかし、ホストとしての立場上、あなたはそれを表に現わすわけにはいかなかった。そんな気がしてなりません。バリオスはああした人間ですから、何も気づいていないはずです。彼はうまそうにコーヒーを啜《すす》りながら、人の話や軽口に耳を傾け、折を見て私どもが高く買っているアルゼンチン人らしいユーモアをふりまこうと待ち構えていました。分かりきったことを書いて寄こして、とおっしゃられれば、私としてはお詫びのほかはございません。ともかく、小生といたしましては、こうして筆をとってよかったと思っております。

そちらに着いてまず気がついたのは、誰に対しても打ち解けた態度を見せるロビローサが、フネスから言葉をかけられた時だけはどうしたわけか、奥歯にもののはさまったような受け答えをしていたことです。フネスも彼のよそよそしい態度には気づいていた様子で、何度も自分から話しかけては、それが他のことに気を取られているせいではないことを確かめていました。あなたをはじめ、バリオス、フネスといった話上手のおられる席ですと、ほかのものが少々黙りこんでいても気づかずに終わるものです。あの時、ロビローサはあなたや私、バリオスから話しかけられた時しか口を開かなかったのですが、おそらくお気づきではなかったでしょう。もっとも、私の方は聞き役にまわっていましたので、ロビローサにはほとんど話しかけませんでした。

席を書斎に移し、私たちは火のそばに腰をおろしましたが、あなたは忠実なオルドーニェスになにか言いつけておいでした。その時、ロビローサがひとり窓際に行くと、ガラスをコツコツ叩きはじめました。私はバリオス――彼はあのいまいましい核実験をしきりに弁護していました――と二言三言《ふたことみこと》ことばを交わすと、暖かい暖炉のそばに腰をおろしました。何気なく振り返ってみると、フネスがロビローサのいる窓の方に歩いて行くのが見えました。話題がなかったので、バリオスは『エスクァイア』をパラパラめくっていましたが、窓際の二人には気がついていなかったはずです。フネスとロビローサは小声で話し合っていました。ですが、たぶん書斎の造りの加減なのでしょう、二人の話声が驚くほどはっきりと聞きとれたのです。二人の話し声は今も耳に残っていますので、ここに引き写してみます。フネスが「いったいどうしたんだい」と尋ねると、ロビローサがすかさず「向こうの大使館からなんという名誉称号をもらったんだね、きみは。こんなことになった以上、その称号をつけてきみの名を呼ぶより仕方がないが、人の家でそんなことをするのはごめんだね」とやり返しました。

二人の奇妙な会話、とくにその語気にびっくりして私は目を逸らしました。何か、うしろめたいことをしているような気持ちになったのです。あなたとオルドーニェスの話が終わったのはその時です。バリオスはヴァルガの絵に見惚れていました。前を向いている私の耳に、「どうかお願いだ……」というフネスの声に続いて「言葉で片づく問題じゃない」とおっかぶせるように決めつけるロビローサの声が聞こえてきました。あなたがにこやかに笑みを浮かべて手を叩き、みなさん、火のそばに集まって下さいと言うと、ちょうど面白いところを読んでいたバリオスの手から雑誌を取り上げられました。

私たちは軽口を叩き、笑っていましたが、私の耳には「どうかマティルデにだけは知らせないでくれ」と懇願するフネスの声が聞こえてきました。慌てて振り向くと、ちょうどロビローサが肩をすくめてフネスに背を向けたところでした。あなたはあの時、二人の方に近づいて行かれましたから、二人の会話の終わりのところはお聞きになっておられるかもしれません。その時、オルドーニェスが煙草とコニャックを持ってきたので、フネスも私の横に腰をおろしました。そのあと、私たちは遅くまで話し合いました。

折角の楽しい夕食会があの事件のせいで台なしになったことは事実です。近年、油田をめぐる係争のため国境が閉鎖され、一触即発の危険な情勢にあります。平時なら笑ってすませる非難の言葉も、今のような時に口にされると気にかかるものです。まして、政府の要職にあるロビローサの口から出たとなれば、フネスにとってはさぞかし気がかりなことでしょう。むろん、あなたもお認めになるように、非難されたフネスが口をつぐみ、懇願すれば万事丸くおさまることと思います。

これはあくまで二人の問題ですから、我々には直接関わりのないことです。したがって、二人の会話の中で差し障りのある個所は、削除しておきました。ルイス・フネスを敬愛している私としては、あれが何かの思い違い、聞き違いであってほしいと祈っております。田舎に引きこもり、人と交際することもないので（この点はいつもあなたがたにやさしく咎《とが》められておりますが）、おそらく私は自分勝手な思い過ごしや誤解をしていることでしょう。必ずやあなたの手紙が私の誤解を解いて下さるものと信じております。是非そうあってほしいのです。この手紙を読まれて、あなたが吹き出して下さるよう願っております。頭に白いものが見えるようになったが、きみもさすがに年だな、そう書かれた手紙が届くのを鶴首してお待ちしております。

敬具

アルベルト・ローハス

ブエノスアイレス、一九五八年七月十六日。

アルベルト・ローハス殿。

親愛なるローハス。

驚かせてやろうというおつもりなら、あの手紙は大成功です。年を取り疑り深くなっているせいでしょうか、やはり信じられません。あれがもし驚嘆すべき偶然でないとしたら、あなたはすばらしい霊感の持ち主ということになるでしょう。これでも私はユーモアを解する人間ですから、手紙をいただいて驚きもし同時に当惑もしたと正直に申し上げておきます。実を言いますと、この二、三週間のうちに、例年どおり夕食会を持ちたいと考えまして、招待状を書きかけていたのですが、その矢先にあなたからの手紙が届きました。筆をとって二、三行書きかけた時に、手紙をもったオルドーニェスが姿を現わしたのです。あの灰色の封筒は知り合った頃からお使いになっておられるものですから、すぐにあなたからだと分かりました。しかし、あまりの偶然に私は驚いて手にもったペンを落としたほどです。これこそ、偶然の一致というのでしょう。

それはともかく、あなたの悪ふざけには当惑いたしました。とくに、細かな点に関しては驚くほどよく見抜いておられます。第一に、近々あなた宛に夕食会の招待状を出すつもりでいたこと、次に(これは本当に驚かされました)今年はカルロス・フレルスを呼ばないはずだと指摘しておられました。どうして私の考えが分かったのでしょう。実を言いますと、農業協会の件以来、フレルスと私の仲は気まずいものになっておりますが、クラブの誰かからそのことをお聞きになったのではあるまいかと考えました。しかし、あなたは田舎に引きこもっておられて、人には会っておられない……ものごとを分析、理解するという点ではまことにすぐれた才能をお持ちで、頭の下がる思いがします。ひょっとしたら、あなたは魔法を使われるのかもしれません。招待状を書こうとした矢先にあなたの手紙が届いたものですから、いっそうその感を深くしました。

あなたの話は実によく出来ていますが、ひとつ気にかかる点があります。つまり、あなたがフネスを間接的に非難しておられるのはどういうことなのでしょう。いつの間にか、われわれは違った人生を歩むことになりましたが、私の知る限り、あなた方二人は良き友人であると信じております。もしフネスに咎められるべき点があるとすれば、あなたはなぜ私にではなく、フネス自身に手紙をお書きにならなかったのでしょう。友人間ではすでに周知のことですが、ロビローサは外交問題で特別な任務についています。だとすれば、最終的にはロビローサを非難なさるべきです。それなのに、あなたはひどくもって回った言い方で、暗にフネスを非難しておられますが、その意図についてはしばらく触れずにおきましょう。ことは親友の名誉にかかわる問題です。にもかかわらず、あなたがつまらぬ小細工をしておられるのは、まことに遺憾なことで、罪のない悪ふざけとして片づけるわけにはいきません。あなたは高潔で誠実な人柄の方だとお見受けしております。だからこそ、万事金で片のつく世界から逃れて片田舎に引きこもり、われわれ俗人とちがい嘘偽りのない書物や草花を相手に日を送っておられるのではないのでしょうか。あなたのお手紙には偶然の発見、鋭い洞察がうかがえ、感心する一方楽しく読ませていただきました。しかし、読み返しているうちに、ふとわれわれの友情そのものが危うくなるのではないかという危惧の念も湧いてまいりました。無遠慮な言い方をお許し下さい。許せないとおっしゃるのなら、どうか私の誤解を解いて下さい。そうすれば、この件は問題なく片づくはずです。

あなたのお手紙で中断された例の招待状に記しておきましたように、今月三十日、拙宅にて夕食会を催す予定でおります。あのような事件があったにせよ、予定通り開くつもりでおります。なお、現在地方におりますバリオスとフネスには招待状を送付しておきました。また、ロビローサは電話で出席の旨を伝えてまいりました。傑作はいつか世に現われると申しますが、実に愉快なあなたの悪ふざけも隠しておくに忍びず、ロビローサに伝えておきました。べつに、驚いたりなさらないと思います。彼はその話を聞いて、ついぞなかったほど楽しそうに笑っておりました……どうやらあの手紙は、私よりも彼を喜ばせたようです。以上に述べましたように、あなたのおっしゃる気がかりは当方にもあります。それがあなたのお手紙で取り除かれることを期待して筆をおきます。
貴信なり夕食会でお会いすることにいたしましょう。

敬具
フェデリーコ・モラエス

ロボス、一九五八年七月十八日。

フェデリーコ・モラエス殿。

親愛なる友へ。
偶然の一致とはいえ驚きました、あの手紙は大成功です、あなたはそう書いてこられましたが、お褒めにあずかって恐縮です。しかし、お世辞でごまかそうとなさるのは感心できません。酷いことを言うとおっしゃるのなら、あなたが一躍名をあげられた例の批判的意味という言葉を御自身にあてはめてみられるといいでしょう。そうすれば、私の言うことが誇張でもなんでもないことがはっきりするはずです。私としては、あの手紙を愉快な悪ふざけとして片付けられたくないのです。あなたをはじめ夕食会に出席していた方々は、たまたま私が耳にしたあの遺憾な事件を揉み消してしまうおつもりなのでしょうか。それとも、私があまり詮索せずこのまま口をつぐむだろう、あの手紙を罪のない悪ふざけと見なすのも、もとはと言えばルイス・フネスが旧友だからだとおっしゃるのでしょうか。私はそこが知りたいのです。あなたと私の間で、なぜこうも事が面倒になるのでしょう。書斎で聞いたことはきれいさっぱり忘れてくれ、ひと言そうおっしゃれば、何も問題はなかったのです。それで友人のひとりが救われるというのなら、どのようなことでも忘れてみせます。あなた方もそのことはよく御存知のはずです。人と交際することもなく暮らしておりますと、どうしても言葉がとげとげしくなりますが、その点は御寛恕下さい。私があなたのいつ変わりない友であることは言うまでもありません。しかし、もう一度夕食会を持たれるその意図をはかりかねて、苦慮しております。なぜ、ことをいっそう面倒な方向に持っていこうとなさるのでしょう。また、招待状が私の手紙で中断されたとのことですが、なぜそのようなことを書いてこられたのでしょうか。私は郵便物をすべて棄てることにしております。でなければ、喜んで招待状を御返送したのですが……。

夕食のため途中で筆を擱《お》いたのですが、その時、ラジオでフネスの自殺を知りました。今なら、贅言《ぜいげん》を費やすまでもなくお分かりいただけると思いますが、フネスはあの事件がもとで自殺したのです。私としては、不本意な形であの事件の証人にはなりたくありません。フネス自殺のニュースを聞いて大勢の人が驚いたことでしょう。しかし、ロビローサは別です。私の手紙の話を聞いて大笑いした彼も、今度のニュースには驚かなかったことでしょう。当然の結果だと考える理由があるからです。私は悲劇の最後から二幕目に立ち会うことになりました。ひょっとして彼は、私という観客のいたことを内心喜んでいるかもしれません。人間は誰しも虚栄心を持ち合わせていますから、ロビローサにしても、国民に対する重責が人知れず遂行されたことを悔やむこともあるでしょう。それはともかく、ロビローサはわれわれが今度の事件に関しては口をつぐむだろうと確信しているはずです。

しかし、少なくともわれわれは彼とともに喜びを分かち合うべきではありません。フネスがどのような過失を犯したか知りませんが、彼がかつての幸福な良き時代の親友であり、盟友であったことを忘れることはないでしょう。おそらく小生はこの片田舎から出て行くことはありません。どうか、あの不幸なマティルデ夫人に友人の死を心からおくやみ申し上げているとお伝え下さい。

敬具
ローハス

ブエノスアイレス、一九五八年七月二十一日。

アルベルト・ローハス殿。

拝啓

今月十八日付の貴信拝受いたしました。三十日に開く予定の夕食会は、私の友人ルイス・フネスの喪に服する意味で中止したく思い、右通知申し上げます。

敬具
フェデリーコ・モラエス

楽団

似たような出来事がもとで亡くなった
ルネ・クレヴェルの思い出に。

一九四七年二月、ルシオ・メディナは少し前に経験した面白い事件を話してくれた。その年の九月に彼が会社をやめて外国に行ったと聞いた時、ふとあの事件のことを思い出した。もっとも、彼がどう思っていたかは分からない。事件があったのは以前のことだし、彼にしても今頃ひょっとしてローマかバーミンガムあたりをうろついているかもしれないので、迷惑のかかることもないだろう。そこで、彼の体験した風変わりな事件を忠実になぞってみることにしよう。

ルシオはポスターを見て、ロードショーの時に見逃したアナトール・リトヴァクの映画がオペラ劇場で上映されるのを知った。オペラ劇場のようなところで同じ映画を二度も上映するというのはおかしな話だが、一九四七年のブエノスアイレスといえば、新着の映画など見たくとも見られなかった。六時にサルミェント街とフロリーダ街にあるオフィスで仕事を終えると、ポルテーニョ（《ブエノスアイレスっ子》の意）らしくわくわくしながら劇場のある繁華街に駆けつけた。幸い、開演時間に間に合った。プログラムにはニュース映画の予告と十二列目の座席の番号が打ってあった。館内の胸くその悪くなるような装飾や両脇に張り出している二階席を見たくなかったので、『クリティカ』紙を買いこんだ。マイアミでは海水浴客が人魚と美を競い、チュニジアでは近頃大造船所が建設されたが、そんなニュース映画の流れている最中に、観客がどやどやと雪崩《なだれ》こんできた。ルシオの右横に、香水と言えるかどうかはともかくアトキンソン社の《ロシア皮》の匂いをぷんぷんさせた巨大な肉塊が腰をおろした。その女が連れてきた二人の子供は、『ドナルド・ダッグ』がはじまるまでうるさく騒ぎ立てていた。ブエノスアイレスの映画館ではよくあることだし、ことに食前酒を飲む時間だとそれがいっそうひどかった。

照明がつくと、なんとも言えないほど陰気くさい星形の天井が見えなくなった。ルシオは『クリティカ』紙に目を通す前に、館内をひとわたり見渡したが、どこか奇妙でちぐはぐな印象を受けた。ぶくぶく肥った婦人たちが平土間のあちこちに座っていた。彼女たちは、ルシオの右側の婦人と同じように大勢の子供たちを連れてきていた。しかし、どう見てもオペラ劇場にくるような客ではなかった。中には精一杯おめかしした立派な料理女とおぼしい婦人たちもいた。彼女たちはいかにもイタリア人らしいジェスチャーを混じえてしゃべり散らしていたが、その一方で子供たちを叱りつけたり、つねったりしていた。それと対照的なのが亭主族で、彼らは膝に置いた帽子をしっかり両手で握りしめていた。ルシオは妙な気分になった。プログラムを見ると、すでに上映されたものとこれから上映される映画の解説が出ているだけで、べつに変わったところはなかった。

彼はまわりの人に構わず新聞を広げると、海外短信欄に目を通した。社説を読んでいる時、ふと休憩時間が長すぎるような気がしたので、もう一度館内を見まわしてみた。何組かのアベックと、ビリャ・クレスポやレサーマ公園のあたりで流行している服を着た数人の若い娘たちがきていた。まあ偶然ね、こんなところで会えるなんて嬉しいわといった話し声や、おたがいに紹介しあっている声が聞こえていた。どこか歯車が狂っているような感じがした。その時、急に客席の明かりが消え、明るい照明がパッと舞台を照らし、幕が上がった。ルシオは舞台を見て、一瞬目を疑った。そこには女性ばかりの大楽団が並んでいたのだ。垂れ幕に《アルパルガタス楽団》と書いてあるのが目に入った。

(ここのところを話していた彼の顔は、今でも目に浮かぶようだ。)驚いている彼を尻目に指揮者がゆっくり指揮棒を振り上げると、とたんに軍楽行進曲と銘打ったすさまじい轟音が平土間を揺るがした。

「びっくりしたのなんの、しばらくはあっけにとられていたよ」とルシオは話してくれた。「最初からおかしいと思っていたんだが、それで事情がのみこめた。これで結構頭がいいんだな。つまり、『アルパルガタス』っていう履物会社の従業員と家族のための催しだったんだ。オペラ劇場のドブネズミ奴、余った席を売りつけようとしてプログラムに載せなかったんだ。あんな楽団が出ると分かっていれば、銃で脅されたって切符を買うばかはいやしない。そこのところを計算していたんだな。これで事情ははっきりしたが、とにかく驚いたのには変わりない。第一、ブエノスアイレスにあんなとてつもない(これは数のことだが)女ばかりの楽団があるとは夢にも思わなかったよ。おまけに、音楽がまたすさまじいんだ。鼓膜が破れそうなほど騒々しくて、とてもものを考えたりできなかった。ぼうっとしていただけさ。と、急になんだか吹き出したくなってね。よほど、まわりにいる連中を罵《ののし》り倒して帰ってやろうと思ったんだが、折角アナトール老の映画が見られるというのに、そのまま帰るのが惜しくて、我慢したんだ」

一曲目が終わると、婦人客はわれ勝ちに拍手した。垂れ幕に出ている二曲目がはじまったのでルシオは改めて楽団を観察してみたが、一目で見かけ倒しの楽団だと分かった。百人を越す隊員の中で、実際に楽器を演奏していたのは三分の一足らず、あとはもっともらしい格好をしていたにすぎない。若い娘たちは演奏している隊員にならってトランペットやラッパを振りまわしていたが、彼女たちの音楽はむしろその見事な太腿の方だった。マイポで不愉快な目に遭ったあとだったので、ルシオはたっぷり目の保養をさせてもらった。あの大楽団の中で本当に演奏していたのは、吹奏楽器と打楽器の四十人ばかりで、あとはきらびやかな制服と晴れやかな顔つきで観客の目を楽しませていただけだった。指揮者というのがまた奇妙な若い男で、フロックに身を固めているのはいいが、赤と金の楽団の前に立ったところはまるで影絵だった。黒い甲虫を思わせるその姿は、華やかな舞台にはおよそ似つかわしくなかった。なんとかまともな演奏をさせようとして、彼はおそろしく長い指揮棒をやたらに振りまわしていたが、ひとり空まわりしているようだった。今までルシオが聞いた楽団の中でも最低の演奏だった。皮肉たっぷりに語った彼の言葉をそのままここに引き写してみよう。「誰もが至極満悦といった体で演奏に聞き惚れていたってわけだ。一曲終わるたび、ああ、これで果てしない行進曲もいよいよ終わり、オペラ劇場の星形の丸天井の下に静けさが戻ってくるんだという淡い希望が芽生えた」ようやく幕が下りたので、ルシオはこのうえもなくしあわせな気分にひたった。ところが、フットライトはついたままだった。心配になって、思わず腰を浮かしかけると、とたんに幕が上がった。新しい垂れ幕に、《楽団の縦列行進》と書いてあるのが目に入った。舞台では、若い娘たちが一列に並んで横を向いていた。金管楽器が『アイーダ』らしい曲を下手な陰気くさい調子で演奏しはじめると、楽団全体がそれに合わせて縦列行進の隊形をとって足を動かしはじめた。もっとも、あれを縦列行進だと思うのは、舞台に出ている娘の母親くらいのものだ。おまけに、舞台の前の方では、なんとも形容しようのない八人のバトンガールが房飾りのついたバトンをくるくる回したり、放り上げては受けとめたりしていた。例の甲虫は先頭に立って一生懸命行進していた。果てしなく続くかけ声を聞きながら、ルシオはもう一キロ近く行進したはずだと考えた。行進が終わると、パラパラと拍手が湧き起こり幕が巨大な瞼のように下りてきた。踏みにじられ、痛めつけられた薄闇と静寂がようやく戻ってきた。

「映画はよかったよ」とルシオは言った。「その頃になると、気分も落ち着いてきたしね。だが、やはり妙な感じだった。オペラ劇場を出たのは八時頃だったかな。町は人通りも多かったし、むしむししたんで、ジンフィズを一杯やろうと思って『ガレオン』に入ったんだ。ところが、そのとたんに映画のことを忘れてしまい、あの楽団のことばかり考えていた。まるで、自分がオペラ劇場の舞台になったような具合だった。なんと言えばいいか、おかしいとも腹立たしいともつかない気持ちだったな。分かるだろう。オペラ劇場に戻って、文句のひとつも言ってやろうかと思ったが、これでもポルテーニョだからね。文句を言ってもはじまらないような気がして、止《よ》したんだ。実を言うと、ぼくが腹を立てていたのはあのせいじゃない。もっと深刻な問題なんだ。二杯目のジンフィズを飲みながら、ようやくそのことに気づきはじめてね」

ここからルシオの話は引き写すのがむつかしくなる。以下、要点(これがまた捉えにくいのだが)だけをかいつまんで話そう。でたらめなプログラム、場違いな客、半数以上が格好をつけているだけのまやかしの楽団、ピントはずれの指揮者、インチキ縦列行進、どれひとつとしてまともなものはない。おまけに、ルシオが飛び込んだのは何の関係もない慰労会場だった。さまざまな疑念に悩まされたが、さいわいその疑念は氷解した。実際に見ていると、とても信じられないが、やはりあれは紛れもない現実だったのだ。こうして時間をおいて考えると、それがよく分かる。彼が見たのは確かに現実なのだが、同時にそれはまやかしでもあった。まわりのものすべてがどこか狂っているように思われたが、もうあまり気にならなかった。自分は別世界にいるのだ、そう考えると、街も『ガレオン』も、紺の背広も、今夜の予定も、オフィスでの明日の仕事、貯蓄計画、避暑、ガールフレンド、中年になること、死を迎えること、なにもかもがその世界の中に組み込まれており、当然のことに思われた。さいわい今は、あの舞台も観客も見なくてもいい。ふたたび、自分はもとのルシオ・メディナに戻ったのだ。しかし、それもこれも運がよかっただけの話だ。

あの時、ルシオがオペラ劇場に引き返して、慰労会などなかったと言われていたらきっと、面白かったにちがいない。だが、あの日の夕方、例の楽団がオペラ劇場で演奏したのは本当かもしれない。もっとも、こんなことは取るに足らないことだ。ルシオが勤めをやめて外国に行ったのは、肝臓か女性のせいかもしれない。それにあの楽団の悪口ばかり言うのもなんだか気がひける。

旧　友

この種の仕事は手早く片付けることだ。ロメーロをバラすことにしたナンバー1はナンバー3にやらせることに決めた。数分後に、ベルトランは指令を受けた。落ち着いていたが、一秒も無駄にしなかった。コリエンテス街とリベルタッド街の間にあるカフェを出て、タクシーを拾った。アパートに戻ると、ラジオを聞きながらシャワーを浴びた。ロメーロと最後に会ったのはたしかサン・イシドロの競馬場だった。あの日は二人ともついてなかった。いつの間にか、二人はそれぞれ違った道を歩むようになったが、あの頃はまだ駆け出しのチンピラだった。今度出会ったらロメーロの奴どんな顔をするかな、そう考えるとひとりでに笑いが浮かんで、それが苦笑いに変わったが、今はそれどころではなかった。カフェのことや車をどうするか考えておかなくては。それにしても、コチャバンバ街とピエドラス街の間にあるカフェで、あんな時間にロメーロを殺《や》れというのは無茶な話だ。ナンバー1も妙なことを考えたものだ。近頃では、もう年だと言われているが、うわさばかりでもなさそうだ。たしかに奇妙な指令だが、反面、仕事がやりやすいという利点もあった。つまり、ガレージから車を出して、エンジンをふかしたままコチャバンバ街寄りに駐車しておく。夕方の七時になると、ロメーロはいつものように仲間に会いに来るはずだが、そこを車の中で待ち伏せすればいい。うまくいけば、カフェに入る前に片づけられるはずだし、奴の仲間に見つかることもあるまい。まさか、彼の仕事だとは思わないだろう。計画はできた、あとは運まかせだ。ほんの少し手を動かすだけでいい(ロメーロは山猫みたいにすばしっこい男だから、おそらく気がつくはずだ)、あとは車を全速でユーターンさせ、他の車の中に紛れこんでしまえば終わりだ。二人が予定通り動けば、すべてがあっと言う間に片づく。ベルトランはロメーロのことなら一から十まで知り尽くしていた。ナンバー1にはあとで公衆電話を使って連絡しよう。片づきましたよと言ったら、ナンバー1はどんな顔をするかな。そう考えると、ひとりでにおかしくなった。

ゆっくり服を着た。タバコが切れたので、鏡にちらっと目をやり、引出しからタバコを取り出した。部屋の中が片づいているのを確かめたあと、明かりを消した。ガレージに置いてあるフォードは、スペイン人たちがいつも磨いていた。彼は車でチャカブコ街

を ゆっくり下った。カフェの入口から三メートルのところに駐車しようとしたが、配送用のトラックが停まっていたので、その辺を二周ほどして空くのを待った。時計を見ると、七時十分前だった。そこだと、カフェにいるロメーロの仲間に見つかる心配はなかった。時々、アクセルをふかして、エンジンが冷えないようにした。タバコは欲しくなかったが、口の中が乾いて苛々《いらいら》した。

七時五分前に、ロメーロが向かい側の歩道を通ってやってきた。ツバ広の帽子と縦縞の上着を見て、すぐに彼だと分かった。ベルトランはカフェの窓にちらっと目をやり、道路を渡るのにどれくらいかかるか計算してみた。まだカフェからだいぶ離れたところにいたので、手が出せなかった。道路を渡ってこちらの歩道を歩いてくれれば、仕事がやりやすいんだがなと考えた。急にベルトランは車をスタートさせると、車窓から手を突き出した。やはり、ロメーロは彼を見てびっくりして立ち止まった。一発目が眉間を打ち抜き、倒れた体にさらに一発打ちこまれた。フォードは市電の前を斜めに突っ切ると、タクアリー街まで行ってターンした。彼は車をゆっくり走らせながら、ロメーロが最後に見たのは、昔の競馬仲間で、チンピラのベルトランだったたってわけかと考えた。

動機

信じてはくれまいが、これは本当にあった話だ。映画でも見るつもりで聞いてくれればいい。そこの人、いやなら帰ってもかまわんよ、お代の方は返さないがね。二十年ばかり前の出来事で、今じゃ語り草になっている。そいつをこれから話そうと思うんだが、おれの話が嘘っぱちだと思うのなら、さっさと家にでも帰ってもらおう。

八月のある晩に、モンテスが町はずれで殺《や》られた。彼に裏切られた女がある男に金をつかませてやらせたと言われているが、おそらく本当だろう。ともかく、モンテスがうしろから頭にズドンと一発くらった、おれが知っているのはそれだけだ。しかし、卑怯な手口じゃないか。モンテスとは、賭博場や黒人のパディーリャのカフェに繰り込む時もいつもいっしょで、兄弟のようにしていた。あんた方はあの黒人のことは知らないだろう。奴もばらされたんだが、いつかその話をしてもいい。

モンテスが殺されたと聞いて、おれは取るものもとりあえず、奴の家に駆けつけた。

むこうじゃ妹が奴の遺体に取りついて、嘆き悲しんでいた。モンテスは目を見開いていたが、その死に顔を見て、必ず仇《かたき》は取ってやると心に誓った。その夜、バーロスと相談したんだが、あんた方から見れば、このあたりから話が作り物めいてくるかもしれんな。問題は、銃声を聞いて最初に駆けつけたのがバーロスだってことだ。その時、モンテスはもう棺桶に片足を突っ込んでいて、口をぽかんと開けていたそうだ。バーロスはあれで機転のきく男だから、相手がどこのどいつか聞き出そうとした。しかし、モンテスは頭に鉛弾をくらっていたので、思うように口がきけず、大したことは聞き出せなかった。どうにか、「青い腕の男」というようなことを言ったらしいが、死ぬ間際の人間というのは妙なことを口走るもんだ。つぎに、「刺青《いれずみ》」と言ったらしいんだが、このふたつの言葉から、相手はおそらく船員だろうと見当をつけた。ロペスとかフェルナンデスという名前なら簡単に言えるはずだが、あんな妙なことを口走ったのはやはり頭に鉄砲の弾をくらっていたからにちがいない。ひょっとすると、相手の男の刺青が目に入っただけで、名前が分からなかったのかもしれない。いずれにせよ、相手の男の名前を突きとめるのが先決だったが、そんな時仲間がいるのは有難いものだ。

あんた方は笑うかもしれないが、バーロスとおれは一週間とたたないうちに相手を突きとめた。警察も港をはじめあちこちで調べをやったらしいが、いっこうめどがつかなかったそうだ。こちらは独自のやり方でやったんだが、細かいところは省こう。さて、ここまでのところはべつにおかしなところはない。ところがだ、密告してきた男が肝腎の相手の身元を洗い出せなかったと言えば、あんた方はきっと笑い出すだろう。それはまあともかく、男は船員でなく、乗客としてフランス国籍の船にもぐり込んでいるということを突きとめた。まったく、泣かせる話だ。男はおそらく仕事から足を洗ったにちがいない。相当なしたたか者だから、うまく姿をくらまそうと外国籍の船にもぐり込んだ、おれたちはそう睨んだ。男はアルゼンチン人で、三等の船客として乗り込んでいる、探り出せたのはそれだけだ。外国人ならモンテスを殺《や》れなかったはずだ。すると、敵はどうしてもアルゼンチン人ということになる。しかし、密告してきた男が、相手の男の名前も聞き出せなかったというのはおかしい。あんた方もそう思うだろう。実を言うと、名前を聞き出したが、船客の中にそんな男はいなかった。誰でも時には怖気づくものだ。ひょっとすると、こちらの密告者に三十ペソで情報を流した男が、わが身かわいさに一杯くわせたのか、それとも、男が手に入れたパスポートの名前がべつのものだったのかもしれない。ともかく、話を先に進めよう。バーロスとおれは一晩中話し合った。翌朝、おれは役所へ行くと、渡航手続をした。あの頃は、パスポートも簡単に取れたんだ。おれは仲間から金を受け取ると、夜の十時に問題の船に乗り込んだ。やがて船はフランス人の休息地と言われるマルセイユにむけて出発した。あの船に乗っていた連中のことは今でもよく覚えているが、その話をやり出したら肝腎の話がお留守になる。さあ、どんどん飲んでくれ。モンテ・クリスト伯の物語でも読むようなつもりで耳を傾けてくれればいい。さっきも言ったが、こんな経験は時代も変わってしまったし、誰にでもできるってものじゃない。

船客が少なかったので、おれはベッドが四台もある船室に放りこまれたが、豪勢なものさ。皺のよらないように服を並べてまだおつりが来るんだからな。まだ若いようだが、あんた方はヨーロッパへ行ったことはあるかね。いや、これは冗談だ。室はすべて通路に面している。それをまっすぐ突きあたると喫茶室があり、逆の方に行くと階段になっているが、それを登ると舳先《へさき》に出るようになっていた。最初の夜は、遠くかすむブエノスアイレスの明かりを眺めたが、翌日から早速行動に移った。モンテビデオでは誰も下船しなかったし、船もゆっくりしていなかった。外海に出たとたんに、船が揺れてひどく船酔いしたが、あれだけはもうごめんだ。喫茶室へ行けばいろいろな話が聞き出せるので、この分なら仕事がやりやすいとたかをくくっていた。三等の船客は二十数人いたが、そのうち十五人が女で、あとはイタ公とスペイン人だった。アルゼンチン人は、おれを除いて三人しかいなかったが、おかげですぐに親しくなり、カードをしたり、いっしょにビールを飲むようになった。

ひとりはじいさんだったが、これがなかなかのしたたか者だった。あとの二人はおれと同年配で、三十くらいだった。ペレイラとはすぐに打ち解けて話をするようになったが、ラマスは陰気でおとなしい男だった。この中で誰が船員言葉を話すかと思って耳を澄まし、こちらからも船の話をして水を向けてみた。しばらくして気づいたんだが、あれはまずいやり口だった。身に覚えのある奴がそんな子供だましの手に乗るはずはない。それにしても、連中はおかしいほど船については無知だった。そうこうしているうちに、寒くなりはじめたので、みんなは上着やセーターを身につけるようになった。

三人ともマルセイユに行くと言っていたので、ブラジルに着くと三人の行動に注意した。しかし、あそこじゃ誰も下船しなかった。今度は暑くなりはじめたので、おれは早速下着一枚になってみたんだが、あの三人はワイシャツの袖をまくりあげただけだ。おれが船客係の女をつかまえ、口説いているのを見て、フェロじいさんはにやにや笑いながら、ベッドが四台もあれば何かとお楽しみなことだな、と冷やかしてきた。ペレイラの奴もおれに負けじとやりはじめた。ペトローナという生きのいいスペイン女はおれたち二人にひどくよそよそしかった。船旅のことやまずい食事の話は端折ろう。

どうやらペレイラの奴はペトローナに目をつけていたらしい。おれだって負けちゃおれなかった。通路でひょっこりあの女に出会ったんで、部屋に水が入っていると言うと、女はそれを鵜呑みにしてやってきた。女が部屋に入ると、すぐにドアを閉めてちょっと手を出してみたんだが、とたんにピシャリときたね。もっとも顔は笑っていた。そのあとは、借りてきた猫みたいにおとなしくなった。フェロじいさんの言うとおり、部屋にはベッドが四つもあったんだからな。実を言うと、あの日おれは手を出さなかった。いい思いをさせてもらったのは次の日だが、まったくあのスペイン女はこたえられなかったね。

何かのついでに、ラマスとペレイラの奴にその話をしてやったんだが、二人ともへえーって顔はしたものの、おれの言うことを信じなかった。ラマスはいつものように黙りこくっていたが、ペレイラはかなり煽られた様子で、奴がなにを考えているか顔にはっきり出ていた。おれがわざと気づかないふりをしていると、ペレイラの奴はぶつくさ言いながら向こうに行ったが、そのあと、奴とあの女がバスルームのそばで話しているのを見かけた。その夜、女はおれの部屋にこなかった。どうしておれがそうあっさり振られたのか不思議に思うかもしれないな。なんでもうわさによると、カナリヤ一枚（昔の百ペソ紙幣）と男の約束をあてにして、あわてて船に乗り込んできたという話だった。ペレイラが腕に刺青をしているかどうか知りたかったが、お察しのとおり、女にはその理由までは言わなかった。必ず刺青をしている、なんなら賭けてもいいと言って、女と二人で大笑いしたよ。

次の日の朝は、ラマスを相手に話し込んだ。奴は舳先に巻き上げてあるロープの山に腰をかけていた。なんでも、フランスへ行って大使館関係の仕事をするつもりだと言っていた。口数の少ない内向的な男だったが、おれにはなんでも話してくれた。奴の目を見ているうちに、突然モンテスの死顔や奴の妹の泣き叫んでいた声、検死から戻ってきたあとのお通夜のことが思い出された。ふと、こいつを問いつめてモンテス殺しを吐かせてやろうと思ったが、やはり無理なようだった。なにもかもぶち壊しになりそうな気がしたんだ。そんなことをするくらいなら、ペトローナが部屋に転がり込んでくるのを待っている方がよかった。

五時頃だったか、ドアを叩く音が聞こえた。突然、ペトローナが飛びこんできて、げらげら笑いながら、ペレイラは腕に刺青なんかしてなかったわと言った。「さんざん見せてもらったけど、なにもなかったわよ」女はそう言うと、また笑い転げた。おれは三人の中でいちばん人好きのするラマスのことを考えた。あんな風に渡り歩くというのも悲しいことだろうな。おとなしくて人好きのするいい奴だった。フェロとペレイラが部屋にいなければ、ぐずぐずすることはない。おれはカッとなって、その場に女を押し倒すと、嫌がっているのを二、三発くらわして服を脱がせてやった。船客の中にあの女の尻を追いまわしているのがいたんで、万一そいつらと出来ては困ると思い、食事の時まで女を引き止めておいた。明日の夕方会おうと約束して、おれは食事に行った。おれたちクリオーリョ（新大陸に生まれ育ったスペイン人）の四人は、イタ公やスペイン人たちとはべつのテーブルに回されたが、ラマスがちょうど前に腰をかけた。あの時は、いつもと変わりなく振舞おうとして苦労したよ。モンテスのことが頭に浮かんでね。金をもらってモンテスを殺《ばら》したのはこいつにちがいないとおれは睨んでいた。考え深そうな奴の顔を見ていると、まさかこいつがと思えるんだがね。ペレイラのことをすっかり忘れていたが、奴がペトローナのことを少しも口にしないんで、こいつはくさいと考えていた。それまでは、どうしたらあの女と寝られるかと、うるさく言っていたんだ。そう言えば、あの女もペレイラのことを尋ねると、下らないことならペラペラしゃべるのに、肝心なことになると口が重くなった。どうも怪しいと思って、その日はドアを細目に開けて様子をうかがった。やはり、女は真夜中にペレイラの部屋に忍びこんでいった。おれはベッドに横になると、あれこれと考えた。

ペトローナは次の日も姿を見せなかった。おれはあいつをシャワールームに押しこめて、問い詰めてやったが、べつに理由なんてないわ、忙しかっただけよと答えた。

「昨夜《ゆうべ》、ペレイラのところに行ったんだろう」といきなり言ってやった。

女は、「あたしが、どうして？　行かなかったわ」と見えすいた嘘をついた。

女を寝取られたくらいで騒ぐこともないが、それがもとはと言えば自分のせいだったとなれば、笑ってばかりもいられない。どうしても今夜はくるんだと言うと、急に泣き出して、この前のことがあってから、ボーイ長だか監督が目を光らせているので、妙なことになって折角の職を失いたくないのと言い出した。女の言うことももっともだと思い、そのあとゆっくり考えてみた。未練があったわけじゃないが、恥をかかされたかと思うと、無性に腹が立ってきた。しかし、大事な仕事があったんで、そんなことにかかずらっている暇はなかった。おれは一晩中考えをまとめていたが、女はあの日もペレイラの部屋に忍んでいった。

次の日は、フェロじいさんをつかまえて話した。じいさんがホシでないことは分かっていたが、もう一度確かめておきたかったんだ。じいさんの娘はフランス人と結婚していて、子供が何人もいた。その娘に会いに行くところだったんだ。紙入れに娘の家族の写真を沢山詰めこんでいたが、死ぬ前に一度孫の顔を見ておきたいと思ってね、と話していたよ。それからだいぶたって、ペレイラが姿を現わしたが、はれぼったい顔をしていたんで、てっきりこいつは……ラマスはフランス語の入門書を手にもって歩いていたが、まったくすばらしい仲間たちさ。

マルセイユに着くまでは平穏無事だった。通路で一、二度ペトローナに会ったんで、問いつめてやったが、部屋にやってはこなかった。顔を合わすたびに、賭けをして負けた金のことを話してみたが、女はもう忘れていた。お前にゃ借りがあるからなと言うと、あの女は露骨にいやな顔をしたので、やはりそうかと思ったようなわけだ。おれの睨んだとおりだった。マルセイユに着く前日の夜に、女が甲板で涼んでいるのを見かけたが、そばにペレイラが立っていて、おれが通りかかっても知らんふりをしていた。こちらは機会を狙って、女が急いで部屋に戻ろうとするところをつかまえてやった。

「今夜はどうだ」と尻を撫でながら尋ねると、女は悪魔に出くわしたような顔をして、後退《あとずさ》りした。

「今日はだめよ。この前も言ったように、睨まれているの」と答えた。

これ以上ばかにされてたまるか、そちらがその気なら張り倒してくれると思ったが、やはりここは我慢だと考え直してこらえた。そんなことにかかずらっている暇がなかった。

「ペレイラは、本当に腕に刺青していないんだな。まさか、見落としたって言うんじゃないだろうな。大事なことだぞ」おれはそう尋ねた。

「刺青なんてなかったわ。どうして、何度もそんなことを訊《き》くの。あの男のところに行って、もう一度確かめてこいって言うの」

あのスベタ奴、おれは頭がいかれていると思って、にやにや笑ってやがった。軽く女を叩くと、おれは船室に戻った。こうなりゃペトローナがペレイラの部屋に忍び込もうが知ったことじゃない。

午前中は、トランクを整理し、大事なものはベルトの間にしまった。いつもコーヒーを入れてくれるフランス人は片言のスペイン語ができたんだが、そいつの話によると、マルセイユに着くと、まず最初警官が乗り込んできて、書類を検査し、それから下船の許可がおりるとのことだった。船客は一列に並んで書類を差し出していた。おれはペレイラのうしろに並んで、手続きを済ませると、奴の腕をとって一杯やらないかと誘った。一度、部屋で飲ませてやったことがあるんだが、それに味をしめて今度ものこのこついてきた。おれは部屋の掛け金をかけると、奴を睨みつけた。

「酒はどこだ」と尋ねたが、おれが手に握っているものを見たとたんに、真っ青になって後退りしはじめた。「ばかな真似はよせ……たかがあんな女ひとりのことで……」と奴は口走っていた。

細長い船室だったんで、奴の死体をまたいでナイフを海に棄てた。無駄なことだとは思ったが、ペトローナが嘘をついていなかったかどうか確かめた。トランクを持ち、部屋の鍵をかけると外に出た。桟橋の上から、フェロじいさんが大きな声であばよと叫んでいた。ラマスは例によって静かに順番を待っていた。おれはそばに行くと、彼の耳元に、二言《ふたこと》三言《みこと》ささやいた。その場で卒倒するんじゃないかと思ったが、どうやら思い過ごしだったようだ。しばらく考えて、よし、分かったと答えた。もっとも、奴がうんと言うのは最初から分かっていた。そのあと二人でこっそりことを運んだ。奴はフランス人のところに勤め口を見つけてくれたが、そのあとどうなったかは知らない。三年後にこちらに戻ったが、どうしてもブエノスアイレスが見たくなってね……。

牡牛

一九三〇年、マリアーノ・アコスタ師範学校の
教育学の時間にスワレスの試合の話をしてくれた、
ドン・ハシント・クカロの思い出に。

倒れたら最後だ。腰抜け野郎まで一枚加わって、よってたかってロープ際に追いつめ、お前を散々な目に会わせるぜ。へえー、慰めてくれるのかい。ちゃんと顔に書いてあるよ。分かった、もうその話は止《よ》してくれ。やけになっていると思ったんだろう。お生憎さま。こうして一日中、ベッドに寝転がっているだけだ。それにしても、冬の夜ってのは長いな。覚えてるかい、酒場にいたあの若いの、あいつ、歌がうまかったな。まったく、夜の長いのには閉口するよ……そうだろうな。もう、うんざりだ。夜があるなんて知らなかったんだ、それが今じゃこうして、鼻をつき合わさなきゃいけない……いつだ

って、九時か十時にはさっさとベッドにもぐりこんだもんだ。ボスはいつも言ってたな、「坊主、早く寝ろ、明日も頑張らなきゃいけないんだぞ」ってね。一度だけ、ボスの目をうまくごまかしてやったことがある。もっとも、あれは運が良かったんだ。ボスは……それが、今じゃこうして天井を睨んでるってわけさ。まさか、おれが寝転がって天井を睨んでるとは思わなかっただろう。みんなからは、それがお似合いだって言われたよ。ばかなことをしたもんだ。カッとなってカウント2で立ち上がったが、せめて8カウントまでしんぼうすりゃよかった。そうすりゃ、赤毛にあそこまでやられなかったはずだ。まったく、ばかな話さ。

うん、そうだな。それに、咳だ。間もなく、シロップをもって元気づけにきてくれるさ。かわいそうに、妹にゃ苦労をかけるよ。ひとりじゃ用も足せないんだ。牛乳を暖めてくれたり、いろんな話をしてくれたり、妹はよくしてくれるよ。できることじゃないぜ、坊主。そう言えば、ボスはいつもおれのことを坊主って呼んでいたな。坊主、アッパーだ、坊主、ボディだってね。黒人とやったのは、ニューヨークだったな。ボスは心配そうだった。試合の話を聞いたのは、ホテルを出る前だ。「六ラウンドだ」そう言うと、ボスは狂ったみたいにタバコをぷかぷかふかしていた。あの黒人、なんて言ったかな、そうそう、たしかフローレスだ。足を使ってきれいなアウト・ボクシングをしていたが、手強い奴だったよ。アッパーだ、アッパーをくらわせろ、坊主。ボスの言ったとおりだった。三ラウンドに、奴はボロ屑みたいにぶっ倒れた。黒人のくせに、顔が黄色くなっていたぜ。そうだ、フローレスって言ったよ。だが、人間ってのはいい気になるもんだな。はじめのうちは、この赤毛ならあっさり片付けられると思っていた。それが自信ってもんだよ。奴はあんたに教えてもらったパンチをうまくよけていた。そのうち、こいつは案外強いぞと思ったんだ。ボスにそう言ったが、取り合ってくれなかった。ふらふらしながら立ち上がったが、すごくエキサイトしていたんだな、この野郎ぶっ殺してやるって考えていた。運が悪かったんだ、坊主。誰でも最後にゃ負けるもんだ。タニとやった夜のことを覚えているかい。いい試合だったな。奴の倒れるのが見えたよ。インディオだが、手強い奴だった。効いたパンチはなかったが、上下にうまく打ち分けてきた。コーナーに追いつめて、一発くらわしてやろうと思ったんだが、その時顔に痛みが走った。あの時に、いいパンチを受けたんだろうな。タニの奴がおれの顔を見たんで、テンプルに一発ぶち込んでやったよ。そのつもりはなかったが、思わず笑みがこぼれたね。むろん、タニを笑ったんじゃない。奴はおれの方を見て、何か身振りをした。みんなはおれをつかまえて、すごいぞ、よくやった、さすがクリオーリョだと言ってくれた。タニは仲間に囲まれていたが、さすがに力を落としてしょげ返っていた。どうしてタニのことを思い出したんだろう。なんとか言えよ。赤毛とやった時も、こいつならタニとたいして変わりないだろうとたかをくくっていた。どうしてだろうな。それにしても、すごい殴り合いだった。隠すことはない、お前はやられたんだ。しかし、おれにゃ信じられなかった。ホテルのベッドで横になっているおれのそばじゃ、ボスがタバコばかりふかしていた。明かりは消えていたし、部屋の中は暑くてしょうがなかった。氷をのっけてもらったのは、そのあとだ。おれが、氷をだぜ。ボスはむっつり黙りこんでいたが、あれはこたえたよ。あの女……いや、怨んでみても仕方ない。ひとりになったら、泣き出すぜ、きっと。「運がなかったんだ、ボス」ほかに言いようがないんで、おれはそう言ったが、ボスは相変わらずタバコをふかしていた。さいわい、あの時は眠れたんでよかった。が、今は寝つけなくて困っているんだ。昼間は、妹さんのもってきてくれたラジオを聞くといい、ラジオ……ラジオってのはいいもんだ。タンゴやラジオドラマが聞けるんだからな。カナーロは嫌いかい。フレセドの方がいいな、それにペドロ・マフィア（カナーロ、フレセド、マフィアは、いずれも、後出のカルリトスとともに、タンゴの代表的な指揮者、作曲家、歌手）だ。彼らが一度でもリング・サイドでおれの試合を見たら、きっと毎試合見にきたはずだ。そうなんだ、そんなことを考えていればいいんだ。そしたらいつの間にか時間が過ぎていくよ。だが、夜が困るんだ。ラジオは聞けないし、妹の奴もいないんでね。そのうち、咳が出はじめるが、これがしつこいんだ。向こうのベッドの患者が怒り出して、うるさいって怒鳴りやがるし。以前なら……どうも、最近怒りっぽくなってね。新聞に出たことがあっただろう、若い頃、おれがケマで車引きを相手に大立回りを演じたって、あれはでっちあげだ。町で喧嘩したことなんてないさ。そりゃあ、一度や二度はあったが、その時もこっちから吹っかけたんじゃない。ほんとうだよ。よくあることだ。いっしょにいる仲間がはじめれば、逃げるわけにはいかないからな。喧嘩が好きだったわけじゃないが、やってみると案外面白いんだ。そりゃそうさ、ぶっとばされるのは相手の方に決まっているんだからな。若い頃は左手一本だった。左で倒すのも気持ちのいいもんだ。おれが三十位のおやじを相手におっぱじめたのを見て、婆さんは肝を潰したよ。きっと、殺されるとでも思ったんだろう。相手の男が倒れているのに、婆さんは信じやしないんだ。もっとも、おれにも信じられなかったがね。最初のうちは、ラッキーだったと思っていた。その頃だよ、ボスの友達ってのがクラブに来て、ボクシングを続けろっておれに言ったのは。よく試合したな、いろんな奴を相手に戦ったよ。「いいか、そのまま続けるんだ」ボスの友達はそう言った。そのあと、プロボクサーの話やパルケ・ロマーノやリバー・プレートの話をしてくれたんだが、おれの知らないことばかりだった。なにせ、試合を見ようにも金がなかったんだ。はじめて二十ペソもらった時は嬉しかったな。よく覚えていないが、タ一ラっていったかな、痩せたサウスポーのボクサーを相手にやった試合でもらったはずだ。二ラウンド戦ったが、相手のパンチはかすりもしなかった。いつだって、顔にパンチをくらわないように気をつけていた。赤毛とやると分かっていれば……自分じゃ、鉄の顎だと思っていたんだが、そいつを狙われたんだ。鉄なんて立派なものじゃないさ。もらったのは二十ペソだ。五ペソを婆さんにやったが、これでもう一人前だってところを見せたかったんだ。手首を痛めた時、レモン水で冷やしてくれたんだが、婆さんらしい心遣いだ。それに較べて、あの女ときたら……あの女のことを考えたとたんに、ニューヨークにいた時のことを思い出したよ。サッカーチームのラヌースのことはあまり覚えていない。何もかも記憶から薄れていくんだ。そうだ、思い出したぞ、チェックのユニフォームだ。それに、ドン・フルシオの家の玄関も覚えている、あそこでマテ茶の茶会をしたもんだ。あの家じゃ大事にしてもらったよ。子供たちがおれを見ようと鉄格子の間からのぞいていてな。彼女は買ったばかりのアルバムに、『クリティカ』、『ウルティマ・オラ』といった新聞の切り抜きを貼ったり、『グラフィカ』誌の写真を見せてくれたりした。自分の写った写真を見たことはないかい。びっくりするぜ。まさかと思うが、顔を見るとやはり自分なんだな。写りがどうかなんてのは、そのあとのことだ。試合中に撮ったものばかりだが、おしまいに自分が手をあげている写真が出てくる。そうそう、グラハム・ページに会ったことがあるんだぜ。彼女に会えるというんで、こっちは精一杯めかしこんで行ったが、おかげで町中大騒ぎだ。中庭でマテ茶をたてるのもいいもんだ。いろんなことを訊かれたな、あの時は。時々、おれは夢を見ているんだと思うことがあった。寝る時なんか、おれは夢を見ているんだ、目が覚めたらなにもかもおしまいだ。そう自分に言い聞かせたもんだよ。婆さんに土地を買ってやった時も、大騒ぎだった。何も言わなかったのはボスだけだ。「いいことをしたな、坊主」それだけ言うと、タバコをふかしていた。はじめてボスに会ったのは、リマ街のクラブだったな。待てよ、チャカブコ街だったかな？　リマ街のクラブはひどいところだ。覚えてるだろう、苔で青黒くなった控室を……あの夜トレーナーがボスに引き合わせてくれたんだが、二人は友達だったんだ。名前を聞いて、びっくりしたよ。顔を見て、「ははあん、おれの試合を見にきたんだな」とピンと来た。ボスに引き合わされた時は、照れくさかったね。あれでなかなか食えない男だから、ボスはむっつりしていた。そのおかげで、天狗にもならず、一つずつランクが上がっていったんだが。ほら、いつだったかサウスポーのボクサーがリバー・プレートに連れていかれたことがあったろう。あいつ、二カ月としないうちにめちゃめちゃに痛めつけられて戻ってきた。まあ、あの頃としちゃあ、無理もないが。イタ公やお前が苦手にしていたスペイン人もよくやってきたな。それに、あの赤毛。止してくれ。だが、ボクサーになってよかったと思ったこともあるだろう。皇太子が観戦されたこともあったじゃないか。うん、あれは最高だった。なにせ、リングサイドで皇太子が観戦されていたんだからな。ボスは控室で、「足を使うな、フェイントもだめだ、向こうはお手のものだからな」と言っていた。たしか、イギリスのチャンピオンとか言っていたな。ハンサムないい男だったが、かわいそうなことをしたよ。最初に顔を合わした時、なにか話しかけてきたが、チンプンカンプンだった。試合をするのに山高をかぶってくるような男だったな。信じないかもしれないが、ボスは落ち着いたもんだった。おれがそんなところまで感づいているとは、ボスも知らなかったさ。何も知らないと思っていたんだ。それにしても、皇太子を足元に控えさせて試合をするなんて、まったく豪気なもんだ。赤毛の奴がフェイントをかけてきたところに右フックを打ち込むと、これがものの見事に決まって、奴はもんどりうって倒れたが、さすがに背筋がゾクゾクしたよ。あんな寝方もあるんだな、それにしても、気の毒なことをした。だが、けっして後味のいい試合じゃなかった。タニやハーマンとかいったイギリス人とやった時のように、四、五回までもてばもっとすっきりした試合になったんだが。ハーマンというのは派手な格好で、真っ赤な車に乗ってきた男だ。倒すには倒したが、いいボクサーだった。あれはいい試合だった。息もつかさず攻めまくってきたし、テクニックも……テクニックと言えば、《魔術師《エル・ブルッホ》》とかいうボクサーがいたな。どこからあんなボクサーを引っぱってきたんだろう。ウルグアイ人で、ボクサー生命は終わっていたが、まったくやりにくい相手だった。ヒルみたいにへばりついてくるんで、いいかげんにしろって言ってやった。クリンチで揉み合ってくるうえに、サミングまでやったんで、カッとなった。やっと隙を見せたんで、パンチをくらわして倒してやったが……まるで人形みたいに倒れたぜ。そう言えば、おれのことを歌ったタンゴに、人形みたいに倒れた……とかいうのがあったな。今でも、歌詞を覚えているよ。肉を焼いている場所やラジオで……ラジオで聞くってのもいいもんだ。婆さんはおれの試合を残らず聞いてくれた。

知ってるかい、あの女もおれの試合を聞いていたんだぜ。あんたのこと知ってるわ、イタ公との試合を兄さんがラジオで聞いていたもの。そう言ったんだ……イタ公を覚えているかい。ボスはどこからあいつらを引っぱってきたんだろうな。イタリアから元気のいい奴を連れてきては、リバー・プレートでカードを組んだもんだ……兄弟とやったこともある。兄貴とやった時は、すごい試合だった。四ラウンドで雨が降り出してね。あのイタ公は感じのいいボクサーだったし、試合の方もいい試合だった。おれたちは続行するって頑張ったんだが、下が滑りはじめたんだ。おれがスリップすると、次は向こうさ……まるで、パントマイムだった……おかげで、ばかばかしい話だが、試合は中止だ。そのあとやった時は、二ラウンドで倒したが、ボスは次に奴の弟とのカードを組み、そいつとやることになった……いい時代だった。スカッとした試合ばかりだった。仲間は来てくれるし、ポスターや車のクラクションの音も賑やかだったな。試合場はいつも大混乱だ……試合をしているボクサーの耳には何も聞こえないって書いてた奴がいたが、あれは嘘だ。よその国でやれば、何を言ってるのか分からないが、自分の国でやってる時はよく聞こえてるよ。コーナーにボスがいてくれたんで助かったよ。坊主、アッパーだ、アッパーを入れろ。ホテル、カフェ、あれはおかしなところだな、そんなところじゃ言葉が通じない。ジムでもそうだ。向こうはなんだかんだと話しかけてくるんだが、こっちはチンプンカンプンだ。しょうがないんで、身振り手振りで話したが、あの女とボスがいてくれたんでよかった。話し相手になるし、ホテルでマテ茶を飲むこともできるからな。時々、クリオーリョが飛び込んできて、外国人を倒してアルゼンチン人の名を高めてくれと言ってきたこともあった。寄るとさわると、チャンピオンの話ばかりしていたが、みんなはおれがそうなると思っていたんだな。おれの方も、そのつもりになって、相手を倒していけばいつかチャンピオン・ベルトを巻けるだろうと思っていた。その考えは、ブエノスアイレスに戻ってからも変わらなかった。カルリートスやペドロ・マフィアがおれの歌をうたっていたんで、ボスがレコードをかけてくれたことがあるが、あのタンゴを覚えているかい。レギを歌ったのもあったな。一度、ボスとあいつの三人で海へ行ったことがあるんだが、一日中水につかっていた。楽しかったな、あの時は。そうさ、トレーニングがあるし、食事に気を使わなきゃいけないんで、いい思いなんてしたことはない。仕方ないさ。ボスが目を光らせていたんだ。「坊主、いずれいい思いのできる時がくるからな」ボスはいつもそうだ。いい試合と言えば、モコロアの時がそうだったな。お前も知ってるだろうが、試合の二カ月前から、左の出し方が悪い、そんなことじゃだめだって言われ通しだった。スパーリングの相手を変えて、ロープに下がるんだ、そうそういい子だ、言うことを聞いたらうまいビフテキを食わしてやるぞ……マテ茶があったんで救われたが、あの時は青いものが食べたかったよ。毎日、同じことの繰り返しだ。右に注意しろ、それじゃオープンだ。今度の相手はなめてかかるんじゃないぞ。モコロアとは一、二度会ったことがある。威勢がよくて感じのいい男だった。それに、自分の型を持っていたな。型ってのは、やるべき仕事があればさっさと片づける腕のことだ。たまたま手がけた仕事をいつまでも手間どっているのは、型と言えやしない。おれには型がないって、『グラフィカ』誌に書いた奴がいたが、あれを読んだ時は腹が立ったぜ。むろん、おれはライートみたいなテクニシャンじゃない。奴のボクシングはたしかに一見の価値はあるな。モコロアもそうだぜ。あの時は、試合がはじまるとわけが分からなくなって、ブンブン手を振りまわしていたが、自分じゃ冷静なつもりだった。おかげで、なんとか勝たせてもらったが。そうだ、ライートとやった時のことを覚えているかい。かなりパンチを食らったが、モコロアの時と同様、なんとか勝てた。フロールの野郎は、這いつくばるようなクラウチング・スタイルであんたに教えてもらったパンチをよけていた。おれは顔面を狙っていたが、しばらく戦っているうちに二人ともカーッとなって、自分でも何をしているのかわけが分からなくなった。ボスはおれの顔をパチパチ叩いて、「棒みたいに突っ立ってちゃだめだ、坊主、体を低くして、右のガードを忘れるな」ボスの言葉はちゃんと聞こえていたが、ゴングが鳴ったとたんに、壮烈な殴り合いだ。二人ともふらふらになったが、いい試合だったよ。あのあと、酒場でばったり出会った。奴は仲間といっしょだったが、おれの方を見てにやっと笑った。さっぱりしたいい奴だ。相当痛めつけてくれたが、いい試合だったなとむこうが話しかけてきたんで、おれも、勝たせちゃもらったが、いいとこ引き分けだなと答えてやった。そのあと、みんなで乾杯してドンチャン騒ぎだ……咳か、大丈夫かい。気を抜くと襲ってくるんだ。つらいもんだよ……大事にしろよ。牛乳をたっぷり飲んで、おとなしくしていることだ。それが一番だ。起き上がれないのがつらいんだ。朝の五時になると、もう目が覚めているんだ。ぼんやり天井を眺めているのはいいが、いろいろな考えが頭に浮かんでね、それもいやなことばかりだ。夢にしても同じなんだ。この前も、ペラルタとやった試合の夢を見たが、どうしてあんな夢を見たんだろうな。ひどい試合で、思い出してもぞっとするよ。そうそう、仲間が来てくれていた。なにもかも昔のままだった。ニューヨークでやった時は、外国人ばかりだったからな……仲間がリングサイドで応援してくれている。この試合だけはどうしても勝ちたい……コンディションは最低だったが、なんとしても勝ちたいと考えていた。ビクトルとやった試合を覚えているかい、ああ、覚えてる。あいつなら、片手で倒せるはずだったのに、あんなことになっちまって。やる気がなかったんだ。ボスはおれ以上さ。気が滅入っているのに、トレーニングに身が入るわけはない。おれはアルゼンチンのチャンピオンなんだから、奴が挑戦してきたのは当然だ。むろん、おれは受けて立つつもりだったよ。ボスは、ポイントでなんとか勝てると踏んでいた。突っ立ってちゃだめだ、前半は攻めまくれ、いいな、相手は休まず攻撃してくるぞ。ボスの言ったとおり、奴は多彩な攻撃をかけてきた。仲間が見ているのに、どうも調子が出ないんだ。なんだか、疲れてだるいような感じがして……うまく言えないが、眠くてしかたがないような感じなんだ。中盤に入ると、いよいよ悪くなってきた。そのあと、どうなったのか覚えていないんだ。そうさ、忘れた方がいい。覚えていたからって、どうなるものでもないだろう。おれだって、忘れられるものならそうしたいさ。眠った方がいい、ひょっとしていい試合の夢を見るかもしれないぜ。そうしたら気分もよくなるさ。皇太子が観戦された時みたいに、すっかりごきげんってことになるかもしれない。そりゃあ、夢も見ず、咳もせず、ぐっすり眠れるに越したことはない。さあ、眠るんだ、一晩中ぐっすり眠るんだ。

Ⅲ

気にしないでくれ、少し苛立っていたんだ。きみがルシオのことを思い出すのも無理はない。今頃の時間になると、昔のことが懐かしく思い出されるものだ。亡くなった人が無性に懐かしく思い返されると、その人の残していった空白を言葉やイメージで埋めたくなるのは当然だ。どうもこのバンガローには、人を惹きつけるところがあるらしい。ベランダに立って、川やオレンジ畑を眺めていると、まるでブエノスアイレスから遠く隔たったところで自然の懐《ふところ》に抱かれているような気持ちになる。ライネスだったかな、デルタはアルファと言うべきだと言ったのは。あの時、ほら、数学の時間にきみが……それにしても、どうしてルシオの名前を口にしたんだい、何か訳でもあるのかい。

コニャックなら、そこにある。適当にやってくれ。今だにきみがこうして会いに来てくれるのが、時々不思議に思えるんだ。靴は泥だらけになる、蚊やアセチレン・ランプの匂いに悩まされる……おいおい、そんな怖い顔をするなよ。ちがうんだ、マウリシオ、あの頃の仲間たちは、誰一人顔を見せないが、きみだけはべつだ。五、六カ月毎にきみから手紙が届く。そのうち、本や酒の包みをもって、ランチできみがやってくる。そして、五十キロ以上も離れたあの遥かな世界のニュースを伝えてくれる。いつかきみは、この壊れかけた農場からぼくを連れ出してくれるんじゃないか、そんな期待を抱くことさえあるくらいだ。そう怒るな。それにしても、きみって奴は腹の立つくらい律気な男だ。からみたくもなるよ。きみが帰ってしまうと、取り残されたぼくはまるで宣告でも下された気分になるんだ。これまで自分がしたことは、一切合財躁鬱病の産物でしかない、そんなものは町へちょっと出かけて行けばたちまち消え失せてしまうってわけさ。ほら、よくいるだろう。夢の中まで追ってきて、にやにや笑いながらぼくたちをどこまでも追いつめる証人、きみはあれに似ているよ。そうそう、きみがルシオの名を口にした時、夢の話をしていたんだっけ。それじゃあ、あの夢のことをきみにも話しておこう。ルシオには話してやったんだ。夢に現われた場所はここだ。時間は、ええっと、何年になるかな、両親が残してくれたこのバンガローにきみたちがよく遊びに来た頃のことだ。舟を浮かべたり、吐き気がするほど詩を読んだり、儚く移ろいやすいものを愛していた頃だ。あの頃は、なにもかもが邪気のないペダントリーと融通の利かない若者特有のやさしさに彩られていた。お互いまだ若かったんだ、マウリシオ。ジャズに耳を傾けたり、マテ茶を飲みながら安直な倦怠感に悩んでみたり、死のイメージを撫でまわしたりして。そのくせ、あと五、六十年はくたばりっこなかったのさ。あの中では、きみがいちばんもの静かだった。変に馴れ馴れしくしてくると、親友でも思い切って絶交できるんだが、きみは親しき中にも礼儀ありという言葉を地で行っていたからね。いつも少し離れたところからぼくたちを見ていた。つねづね感心していたんだが、きみには猫のようなところがある。きみと話していると、まるでひとりでしゃべっているような気持ちになるんだ。ちょうど今みたいに。だけど、あの頃は他の仲間がいたからね。あの頃はお互い、何事によらず深刻ぶっていたよな。それにしても、若いというのはすばらしいことだよ。ただ、そのうち名前もない闇に包まれた時代がやってきて、生真面目な顔という手垢にまみれた仮面をつけるだけで、後はどうでもよくなってしまうんだ。今じゃぼくは医者で、きみは技師だ。いつの間にか取り残されたんだ。こうして会っていても、きみもぼくももう昔のままじゃない。むろん、以前にやった儀式や遊びをしたり、仲間同志で夕食を取れば、寂しさもまぎれるが、それもわずかな間だけだ。これが仮借ない現実ってやつさ。人によっては、そのせいでひどく傷つくものもいるが、きみのようになにも感じないでその年齢を越えていく人間もいる。そういう人間は、半ズボン姿の自分の写真やむぎわら帽をかぶったり水兵服を着た写真を貼ってあるアルバムを見てもなんとも思わない……そうそう、ぼくはあの頃見た夢の話をしていたんだ。まず、ここのベランダが現われた。ぼくは芦原の上にのぞいた満月を眺めながら、騒々しいカエルの鳴き声を聞いていた。そのあと、細い道を抜けて川辺に出ると、岸に沿ってゆっくり歩きはじめた。裸足《はだし》らしい足は泥の中にずぶずぶめり込んでゆく。あの頃の夢にしては妙だが、島にはぼくしかいない。ひとりぼっちでいるのが恐ろしくて仕方ない。今ならなんともないが、あの時は悪夢を見ているように恐ろしかった。向こう岸の空にぽつんと浮かんだ月が、ひとりぼっちのぼくを照らし、水の音や細流に桃の実の落ちる音が聞こえていた。いつの間にか、カエルの声が聞こえなくなり、空気はちょうど今夜みたいに粘っこい感じがした。もっとも、この辺じゃいつもそんな感じだが。ぼくはどんどん進んで、栈橋を通り過ぎ、川岸の大きく湾曲したところを越えて、オレンジ畑を突っ切っていく。そうしなければいけないような気持ちだった。これはぼくの考え出した作り話じゃない。マウリシオ、重要なことはめったに忘れるものじゃないよ。ルシオにもこれと同じ話をしてやったことがある。やがて、灯心草がまばらに生え、砂州が川の中に突き出しているところに出た。その辺は泥が深く、運河も近いので危険なのだ。運河は深く、あちこちに淵のあることは夢の中でもちゃんと分かっていた。月明かりのせいで黄色く見える生暖い泥に足を取られながら、ゆっくり砂州の鼻まで進んだ。そこから、音もなく川の水が流れている向こう岸の黒い芦原に目をやった。油断ならない川水がぼくの足元にひたひた打ち寄せていた。川面は月の光を受けて、まるで刃物のようにきらきら輝いていた。空が肩や首のあたりに重くのしかかってくるような感じで、どうしても顔を起こせなかった。その時、一体の水死体が川上から流れてきて、向こう岸の灯心草にひっかかりそうになっていた。その黒ずんだ水死体を見たとたんに、自分が真夜中になぜそんなところにいるのか納得がいった。灯心草に手や足をひっかけながら、水死体はわずかに向きを変えると、ゆらゆら運河の方に入ってきた。水死体は、草一本見当たらないこちら岸に近づいてきたが、月の光がその顔をくっきりと照らし出していた。

どうかしたのかい。顔が真っ青だよ。コニャックを飲むといい。そういえば、ルシオも青くなっていたな。彼は「どうして、そんな細かいところまで覚えていられるんだ」と尋ねたが、その点きみは礼儀正しいね。ルシオは、ぼくが夢の続きを忘れてしまうんじゃないかと心配して、何とか先を続けさせようとしていた。夢はそれで終わりじゃない。先を続けよう。運河の水はまるで水死体をもてあそぶように、少し向きを変えると、ぼくのそばに運んできた。砂州の鼻にいたぼくは、死体が足元に流れついて、顔の見える瞬間を待っていた。ふたたび向きを変えた死体の腕は、水泳でもしているようにだらりと伸びていた。月の光は水死体の胸、腹、両脚を明るく照らし出し、あおむけになった死体をふたたび素裸にした。足元に流れついてきたので、ぼくはかがみ込むと、髪の毛をつかんで顔を改めて見たが、その顔を見たとたんに、わっと叫び声をあげた。そうなんだよ、マウリシオ、叫び声をあげたんだ。おかげで目が覚めて、我に返ったようなわけだ。水差しの水をごくごく飲んでいてふと気がついたんだが、今見たばかりのあの顔がどうしても思い出せない。驚いたね。もう一度、目を閉じて、あの河岸に、夢の岸辺に戻りたいと思ったが、それは無理な相談だ。それに、あの水死体だって流されてしまっているにちがいない。なんとかして顔を思い出そうとしたが、だめだった。思い出そうとしながらも、心の底には抵抗があったんだろうな。しかし、一見平穏に見える毎日の生活の歯車が規則正しく回り出すと、結局そんなことは諦めてしまうものだ。その週の終わりに、きみやルシオや他の連中が遊びに来たんだ。あの夏は、毎日がお祭り騒ぎだった。きみはたしか、あのあと北部の方へ行ったんだね。あれから大雨が降ってね。

ブエノスアイレスに戻る日が近づくと、雨やそのほかのことも手伝ってルシオは苛立ちはじめ、こんな島はもう沢山だと言い出した。どうしてだか、急にぼくたちは仇同士のように睨み合うことになった。チェスをしたり、本を読んで気を紛らわしたり、取るに足らないことで譲り合いをしていいかげん疲れてしまった。そのうちに、ルシオが帰ると言い出したんで、正直なところほっとしたよ。前々から、ルシオをはじめみんな帰ってくれればいいのにと思っていたんだ。緑に包まれたこの世界までが、日毎にうとましく思え、生気を失くしはじめていた。もう沢山だと思っていたんだ。他の連中はそんなぼくの気持ちを察して、「じゃあ、またな」と当たり障りのない言葉を残して帰っていき、二度と戻ってこなかった。だが、ルシオだけはいやいやここに戻ってきた。彼を迎えに出た時に顔を見合わせたんだが、二人とも相手が遠くにでもいるように見つめ合った。そりゃそうだ。彼は惨めな失われた楽園をもう一度見いだそうとし、ぼくはぼくで、気乗りはしなかったが、ともかく彼から楽園を守り抜こうとしていたんだから。きみは北部の山岳地帯で静かに避暑をしていたから、まさかそんなことになっているとは夢にも思わなかったろう。だが、あの夏の終わりは……ほら、見ろよ、あそこだ。灯心草の間から登ってきたろう。間もなく、あの光がきみの顔を照らす。この時間になると、どうしてだか水の音がいやに耳につきはじめるんだ。小鳥の鳴き声が聞こえないせいかな。夕闇があの音を聞き取りやすくするのかもしれない。話の途中だったな、すまない。今夜は、ルシオに夢の話をしてやった時とまったく同じだ。何ひとつ変わっちゃいない。夏の終わりにやってきたルシオは、きみがいま座っている揺りいすに腰をかけ、ふだんはあんなにしゃべるのに、まるできみみたいに黙りこくっていた。心にぽっかり穴があいたような空ろな気持ちになっていたんだろう。妙に怨みっぽくなっていた。暇を持てあましてぼんやり酒を飲んでいたが、ああいう空ろな気持ちというのはどうしようもなくぼくたちを追いつめるものだ。そこには、憎悪というよりももっと微弱で仕末の悪い、嫌悪感みたいなものが弥漫《びまん》していた。古い時代なら、嵐だとか、ヒマワリ、剣と呼ばれたもの、その中心に潜んでいる嫌悪感だ。倦怠感やうす汚れた茶褐色の秋も、心の中でふくれあがっていき、ついにはぼくたちを盲目にしてしまうが、それとはまた違ったものだ。何もすることがないので、島をひと回りしようということになって、川岸の厚く積もった落葉を踏んで歩きはじめた。あたりは静かだったし、彼が時々話しかけてくる声が以前と少しも変わりなかったので、自分が思い違いをしていたんじゃないかと考えたくらいだ。きっとルシオも、習慣のしかける無益で巧妙なわなにかかっていたはずだ。

だけど、何かを見たり、どうしてもひとりになりたいと思うと、つい顔を見合わすことになったが、適度の親しさとよそよそしさは忘れなかった。「すてきな夜だ、その辺を少し歩こうか」と彼は言った。どうだい、よかったらこれから二人で散歩しないか。あの日は、このベランダから降りて、月の出ている向こうの方に行ったんだ。今夜も、月がまぶしいだろうな。あの日は、どこを通って行ったのか覚えちゃいない。ルシオが先に立って歩いていたので、ぼくは彼の踏みつけた落葉のうえを歩いていた。気がつくと、オレンジ畑の中の間道を進んでいたようだった。さらに進むと、農場が終わって灯心草の茂みに出た。急にその灯心草の茂みが開け、目の前に月の光を浴びたあの砂州が姿を現わした。砂州は運河に突き出し、その黄味がかった泥を川水が洗っていた。それを見たとたんに、目の前にいるルシオの影がひどく邪魔になりはじめた。うしろの方では、熟れた桃の実が人を殴った時のようなにぶい音を立てて落ちた。

ルシオは水際に立つと、ぼくの方をふり返った。「ここがそうだな」と尋ねたので、まさか夢の話が出るとは思わなかったが、「ああ、そうだ」とぼくは答えた。少し間をおいて、彼はこう言った。「前々から、ぼくはこんな場所が欲しいと思っていた。というよりも、必要だったんだ。きみはそれを盗み取ったんだぞ。ぼくの秘めた願いをきみは盗み取った、人の夢まで盗んだんだ」彼は抑揚のない声でそう言うと、ぼくの方に一歩進み出た。その時だ、どうしても思い出せなかったものがよみがえってきたのは。ぼくは目を閉じた。そうすると思い出せると思ったんだ。川の方を見なければ、夢の最後のところがよみがえってくるはずだ。そうなんだ、とうとう思い出したんだよ、マウリシオ、じつを言うと、あの水死体はぼくなんだ、あの顔はぼくの顔だったんだ。

どうかしたのかい。レボルバーなら、机の引出しに入ってるよ。なんならぶっ放して、近所の農場にいる連中を驚かしてやるがいい。まあ、落ちつけよ。もう少しの辛抱だ。ほら、川の音が聞こえるだろう。いいかい、川の水や灯心草はまるで人間の手のように泥土にしがみつこうとしては、ずるずる滑り落ちて小さな渦になる。今時分になると、その手が草の根をしっかりつかむんだ。得体の知れないなにものかが桟橋をよじ登ってくる。立ち上がったそいつの体にはごみくずがいっぱいまとわりついていて、あちこち魚にかじられた跡まで見える。そいつがぼくをつかまえにくるんだ。なに、まだ大丈夫だ。やってきたら、また殺してやる。だが、あいつは何度でも執拗に襲ってくる。きっといつか、ぼくを水底に引きずり込むだろう。その時こそ、あれが正夢になる時だ。さあ、行かなきゃあ。月の光を受け、あおむけになったまま流されていくぼくの水死体を砂州や葦原が見るはずだ。とうとう、あれが正夢になるんだ、マウリシオ、正夢にね。

昼食のあと

お昼が済んだので、本を読もうと部屋に戻ると、すぐに父さんと母さんがやってきて、昼からあの子を散歩に連れて行きなさいと言った。

いやだよ、お部屋で勉強したいんだ、誰かほかのひとに連れてってもらえばいいじゃないか。ぼくはそう返事した。あの子を散歩に連れて行くのがいやな理由《わけ》や、そのほかいろいろなことを話そうと思っていたのに、父さんは一歩前に進み出ると、いつもの怖い顔でぼくを睨みつけた。あんなふうに睨まれると、父さんの目がだんだん顔に食い込んでくるように思えて、逆らえなくなってしまう。大声で叫びたくなるのをこらえてうしろを向くと、分かったよ、すぐに行くよと答えてしまうのだ。そんな時、母さんは少し下がったところにいて、手を組み、横を向いたまま取りなしてもくれない。ぼくの目に見えるのは、母さんの額にかかる灰色の髪の毛だけだが、そうなると、分かったよ、すぐに行くよと返事するより仕方がなかった。二人が黙って部屋を出て行くと、ぼくは着換えをした。ピカピカの新調の靴を履いて行けるのがせめてもの慰めだった。

二時に部屋を出た。エンカルナシオンおばさんが、あの子はお昼が済むと、いつも奥の部屋にいるから探してごらんと教えてくれた。ぼくはあの子を連れて散歩に行くのがいやで仕方なかった。そんなぼくの気持ちを、おばさんは察していたにちがいない。かがみ込むと、ぼくのおでこにキスをしてくれた。ポケットに何か入れてくれたようだった。

「それで何かお買い。あの子にも分けてあげるんだよ、いいね」とぼくの耳元でささやいた。

ぼくはすっかり嬉しくなって、おばさんの頰にキスをしてあげると、両親がチェッカーをしている部屋の前を大急ぎで通り過ぎた。たしかあの時、行ってきますと言ったにちがいない。そのあと、ポケットから五ペソ紙幣を取り出すと、丁寧に皺を伸ばして、一ペソ紙幣や小銭の入っている財布にしまい込んだ。

あの子は部屋の隅っこにいた。やっとの思いでつかまえると、中庭を通ってドアまで行った。ドアを開けると、向かいの家の庭がちょうど目の前にあった。途中何度か、あの子を放り出して部屋に戻ろうかと考えた。父さんや母さんには、あの子がいやだと言ってむずかったと言えばいい。しかし、結局はぼくに押しつけて、否応なく通りに面したドアのところまで追い立てるに決まっていた。一度だけ、あの子を連れて歩道に出たことがあるが、あの時はアルバレス家の猫がもとで大騒動がもち上がった。父さんや母さんもあの事件のことはよく覚えているはずだから、まさかあの子を連れて町の中心へ遊びに行っておいでとは言わないだろう。今でも、ドアのところで父さんと話していた巡査の顔は覚えている。父さんはあの巡査にカーニャを二杯ばかり飲ませていたし、母さんは部屋で泣いていた。あんな事件があったのだから、町の中心へ遊びに行っておいでと言うはずがなかった。

朝方、雨が降った。この頃は、市内の歩道も痛みがひどくて、道を歩いていると必ずといっていいほど水溜りに踏み込んで、足を濡らしてしまう。おろしたばかりの靴を履いていたので、できるだけ乾いた所を歩くようにしていた。あの子はたえず水溜りに入っていこうとするので、力一杯引きつけておかなくてはいけなかった。気がつくと、あの子は敷石の少し凹んだ個所に近づいて行った。あっと思った時は、もう手遅れだった。ずぶ濡れになり、あちこちに落葉をくっつけていた。ぼくは立ち止まってあの子を拭いてやった。あの辺の人はいつも庭から外を眺めている。黙って見ているだけだが、その時もぼくは彼らの視線を感じた。べつに見られても構わなかった、見たければ見ればいい、ぼくはあの子を連れて散歩に行くところなんだ。ただ、ハンカチを持って立っているのが何となくいやだった。ハンカチはびしょびしょになり、泥や落葉がついていた。あの子がまた水溜りに近づかないよう引きつけておいた。街を歩く時、ぼくはいつもズボンのポケットに両手を突っこんで、口笛を吹くか、ガムを噛んでいる。コミックスを読みながら歩くこともあるが、そんな時は歩道の敷石にたえず注意を払っている。家から市電の駅までの間なら、何でも知っている。だから、何をしていても、ここはティータの家の前だとか、もうすぐカラボボの街角に出るなってことが分かっていた。だけど、今はそうはいかない。おまけに、びしょびしょになったハンカチの水がポケットの裏地を通して脚に伝わってきて、とても冷たかった。どうして、こう悪いことばかり続くのだろう。

この時間だと、市電はかなり空いている。ぼくは二人掛けの席が空いているように祈った。あの子を窓際に座らせれば、あまり人に迷惑をかけることもないだろう。車内を走りまわるわけではないが、人に迷惑をかけることはまちがいなかった。中は意外に混んでいて、情けないことに二人掛の席は空いてなかった。立って行くには遠すぎたし、車掌が見たら無理にもぼくたちをべつべつの席に座らせるだろう。あの子を連れて急いで乗り込むと、真ん中の席まで引っぱって行ったが、目ざす席の窓際には女の人が座っていた。うしろの席からあの子を監視できれば安心なのだが、混んでいて前の席しか空いてなかった。誰もぼくたちを気に留めていなかった。あの時間の乗客は、静かに食べたものを消化したり、市電の揺れに身をまかせてまどろんでいた。見ると、車掌があの子の横でパンチに貨幣をコツコツ打ち当てていた。困ったことになったと思って、振り向くとお金を見せ、その子の切符はぼくが買うという合図をした。しかし、石頭の車掌は合図に気づかず、あの子の方を向いたまま相変わらず、貨幣でパンチを叩いていた。ぼくは仕方なく立ち上がって向こうに行ったが、数人の乗客がこちらを見ていた。「切符を二枚下さい」と言うと、車掌は一枚だけ切って、ぼくの方をちらっと見た。その切符を差し出すと、うつむき加減になって上目づかいにぼくの顔をじっと見つめた。「二枚です」ともう一度同じことをくり返した。乗客はみんな気づいていただろう。石頭の車掌はしぶしぶもう一枚切符を切ると、ぼくに渡した。何かぶつぶつと呟いていたが、ぼくは二人分の料金を渡すと、うしろを振り向かずそのまま席に戻った。何度も振り返って、あの子がおとなしくしているかどうか確かめた。おかげで、数人の乗客からじろじろ見られた。最初のうちは、街角に来たら振り返ろうと考えていたが、それだと間隔が空きすぎて落ち着いて座っていられなかった。アルバレス家の猫騒動の時みたいに、いつ何時、喊声《かんせい》や叫び声を立てるかもしれないと思うと、不安で仕方なかった。そこで、決闘の時のように、十まで数をかぞえることにしたが、市電はその間に半区画ほど進んだ。十までくると、さりげなくうしろを振り向く。ワイシャツのカラーを直すふりをしたり、上着のポケットに手を突っこんでみたり、あるいは軽い痙攣が起こったふりをした。

八区画ほど進んだ時、窓際の婦人が降りそうな素振りを見せた。まずいことになった。あの婦人が降りますからと言っても、あの子は気づかないか、聞こえないふりをするだろう。きっと女の人は怒り出して、むりやり降りようとするにちがいない。この分では、ひと騒動もち上がるぞ、そう考えてぼくは神経を尖らせた。街角に着かないうちから何度もうしろを振り返ったが、どうやら婦人は降りるつもりのようだった。あの子の方を向いて、口を動かしていたところを見ると、何か言っていたのだろう。その時、ぼくの近くに座っていた肥ったお婆さんが急に立ち上がって、通路を歩き出したので、そのあとについていった。気が急《せ》いていたので、お婆さんを突き倒すか、足を蹴とばしてやりたいと思った。ようやく向こうの席にたどり着いたが、女の人はすでに下に置いてあった籠のようなものを手に特ち、降りようと立ち上がっていた。お婆さんがぶつぶつ言ったところを見ると、ぼくがたまりかねて突き飛ばしてしまったらしい。とにかく、あの席に着くと、婦人が街角で降りられるようあの子を座席から引きずり出した。そのあと、あの子を窓際に押し込み、ぼくはその横に腰をかけた。ようやく一息つくことができた。もっとも、あの石頭の車掌に何か吹き込まれたにちがいない前の席や昇降口にいる頭の悪い乗客たちは、ぼくの方をじろじろ見ていた。

市電は十一番街を走っていた。外ではすばらしい大陽が輝き、道はすっかり乾いていた。こんな時間にひとりで乗っていれば、市電を降りて町の中心まで歩いていくところだ。十一番街から五月広場《プラーサ・デ・マヨ》までなら、歩いて行っても大したことはない。一度、時間を計ってみたことがあるが、ちょうど三十分かかった。もっとも、途中とおしまいの方は走ったけれど。しかし、あの子は急に窓を開けて飛び出しかねないような子だと聞かされていたので、窓際にいるあの子から目を離せなかった。おまけに、面白がってするというのだから、仕末が悪かった。一、二度窓を開けようとしたので、ぼくはうしろから手をまわして窓枠を押さえた。しかし、窓から飛び出すような素振りは見せなかった。

きっと、ぼくの思い過ごしだったのだ。その証拠に、検札係がきたのでそちらに気を取られている間も、べつに窓から飛び降りたりしなかった。前の昇降口にだしぬけに現われた検札係は痩せて背が高かった。検札係の中には愛想のいい人がいるが、あの検札係もやはり愛想よく切符にパンチを入れていた。ぼくたちの席にまわって来たので切符を差し出すと、彼は一枚目にパンチを入れ、うつむいてしまった。もう一杯の切符をじっと見つめ、パンチを入れようと鋏にはさんだが、そのままためらっていた。パンチを入れて早く返してくれればいいのにとぼくは考えた。車内にいる人たちがだんだんぼくたちに興味を持ちはじめた。検札係はようやくパンチを入れると、肩をすくめ切符を返してくれた。うしろの昇降口の乗客が大声で笑ったが、ぼくは振り返らなかった。もう一度腕を伸ばして窓を押さえたが、そうすれば検札係や乗客の顔を見なくてもよかった。サルミエント街とリベルタッド街のあたりで乗客の数が減りはじめ、フロリダ街に着くとほとんどいなくなった。サン・マルティン街に着いたので、ぼくはあの子の手を引いて前の昇降口を通って市電を降りた。そうしないと、うしろにいるあの石頭の車掌に何か言われるような気がしたのだ。

　ぼくは五月広場《プラーサ・デ・マヨ》が大好きだ。人が中心街の話をすると、いつもあそこを思い浮かべる。

鳩がいるし、市庁もある。そのほか、いろいろな名所旧蹟や、革命の時に爆弾の落ちた跡、指導者《カウディーリョ》たちが馬を繋いだと言われるピラミッドなどがあった。ピーナツをはじめいろいろなものを売っているし、空いたベンチもいくらでも見つかった。少し足を伸ばせば、港で大きな船やクレーンを見ることもできる。あそこなら車やバスの心配はないし、帰る時間までベンチでゆっくり座っていられる。あの子といっしょなら、あそこが一番だと考えた。しかし、市電から降りて、サン・マルティン街のあたりを歩いていると、急に疲れが出てきて気分が悪くなった。一時間近く電車に揺られ、その間しょっちゅううしろを振り向き、人に見られても知らん顔をしていた。そのあと車掌が切符を持ってまわってきたし、窓際の婦人が下車した。最後には、検札係まで現われたのだから、疲れない方が不思議だった。どこかのカフェでアイスクリームかミルクでも飲みたかったのだが、どう考えても無理なようだ。座っている人にじろじろ見つめられるような場所に行けば、後悔するに決まっていた。街を歩いていて人と行き交ってもみんな先を急いでいるので誰もぼくたちのことを気にとめたりしない。銀行やオフィスが建ち並び、ブリーフケースを抱えた人が忙しく歩いているサン・マルティン街のあたりでは、とくにそうだ。ぼくたちはカンガーリョ街の角まで進んだ。ペウセルのショーウィンドーにはインクスタンドやそのほかいろいろな素敵な品物が並んでいたが、その前にくるとあの子が急に立ち止まった。人目に立たないようにして、一生懸命手を引っぱってみたが、だんだん重くなってきて、とうとう挺子《てこ》でも動かなくなった。なんとかショーウィンドーの端まで引っぱっていったが、それ以上は無理だった。仕方なくぼくも革張りの事務用品を眺めるふりをした。きっとあの子は疲れていたのか、興味を持っていたのだろう。いずれにしても、一息入れることができたので、ぼくはほっとした。ただ、いつまでもそんなところで立ち止まっていると、通行人からじろじろ見られるのでいやで仕方なかった。通りがかりの人が連れの人に何か言ったり、肘で突いてぼくたちのことを知らせたりしていた。とうとう我慢できなくなって、あの子の手をつかむと歩き出した。なるべくさりげないふりをしていたが、じつのところ大仕事だった。夢を見ているように靴がとても重くなり、地面から持ち上がらなかった。あの子がやっと諦めて歩き出したので、ぼくたちはサン・マルティン街を抜け五月広場《プラーサ・デ・マヨ》の角まで行った。ここでまた厄介な問題が持ち上がった。車道を渡らなくてはいけないのだが、あの子はそれが大の苦手なのだ。市電だと、窓を開けて飛び降りかねないくせに、車道を渡るのが苦手だというのはおかしな話だが、これればかりは仕方がない。情けないことに、五月広場《プラーサ・デ・マヨ》へ行こうとすればどうしても車の多い道路を横断しなくてはいけない。カンガーリョ街かバルトロメー・ミトレ街なら、難なく渡れるのだが、ぼくはもう諦めかけていた。手をつないでいたが、あの子はとても重かった。信号が変わり車が停まると、歩道で待っていた人たちが渡りはじめた。だけど、ぼくたちは青信号を二度もやり過ごした。あの子は道路の真ん中で立ち止まるにちがいないが、そんなことになれば、向こうに渡るどころの話ではない。仕方がないので、あの子がその気になるのを待つことにした。街角で新聞や雑誌を売っている男がこちらを見ていた。男の横にぼくと同じ年格好の気障《きざ》な男の子がいたが、男がその子に話しかけると、その子は何か答えていたようだ。信号が変わるたびに、車が止まったり、走り出したりした。しかし、ぼくたちは相変わらずそこに突っ立っていた。そのうち、巡査がこちらにやって来たが、それを見て、まずいことになったと思った。巡査というのは根が善良なだけに、余計なことにお節介を焼きたがる。ぼくたちを見たら、きっとどうかしたのと尋ね、迷子にでもなったのだろうと探りを入れてくるに決まっている。そんな時に、あの子が妙な気まぐれでも起こしたら、それこそ大事《おおごと》になる。考えれば考えるほど気が滅入ってきて、とうとう本当に恐ろしくなり食べたものを吐いてしまいたくなった。車が停まったのを確かめると、思い切ってあの手をつかみ、目をつむり体を折り曲げるようにして道を渡り出した。広場に着いたので、ぼくは手を放して、そのまま二、三歩先へ進んで、うしろを振り返ってみた。ぼくは呪わしい気持ちになって、お前なんか死んじゃえ、死んでしまえばいいんだ、父さんも母さんもぼくも、みんな死んでしまったらいいんだ。エンカルナシオンおばさんを除いて、みんな死んで地面の下に埋められればよかったんだ、と考えた。

しかし、それもすぐにおさまった。いい具合に、きれいなベンチが空いていたので、あの子をつかまえるとそこに腰を掛け、鳩を眺めはじめた。さいわい鳩は猫とちがってなかなかつかまらない。ぼくはピーナツとキャラメルを買ってあの子に分けてやった。五月広場《プラーサ・デ・マヨ》では、そろそろ日が傾き、通行人があわただしく行き交っていたが、それを見ているうちに、気分が良くなってきた。その時ふと、あの子を置き去りにしてやろうと考えた。よく覚えていないが、餌をやるふりをして鳩のいるところへ行き、ピラミッドのところを回ってしまえば、簡単にまいてしまえる。ぼくはピーナツの皮をむきながら、そんなことを考えていたはずだ。家に戻ったらとか、父さんや母さんがどんな顔をするだろうかとは考えもしなかった。それなら、あんなばかな真似はしなかっただろう。学者や歴史家のように、すべてを同時に理解することなんてできっこない。あの子を置き去りにすればポケットに両手を突っこんで中心街を歩けるだろう。雑誌を買ったり、家に戻る前にどこかでアイスクリームを食べることだってできる。ぼくはそんなことばかり考えていた。あの子のあとについてしばらくピーナッツをあげていたが、決心はついていた。そのうち、ぼくは足を伸ばすふりをして立ち上がった。ぼくがむこうにいる鳩にピーナッツをやりに行っても、あの子はべつに気に留めていないようだった。残ったピーナッツを鳩に投げてやると、あちこちから沢山の鳩が集まってきたが、餌がなくなると飛んでいってしまった。広場の外れまで来ると、ベンチはほとんど見えなかった。急いで通りを渡ると、擲弾兵《てきだんへい》二人がいつも警護している大統領官邸の前に出た。その横を抜けて、パセオ・コロンまで足を伸ばしたが、つねづね母さんから子供同士であそこへ行っちゃだめだと注意されていた。あの子がつけてこないと分かっていたが、それでも知らないうちにうしろを振り返っていた。あの子にできるのは、慈善事業に加わっている親切なおばさんか巡査が来るまでのあいだ、ベンチのそばで泣きわめくくらいのことだ。

よく覚えていないが、パセオ・コロンといってもべつに変わったところではなかった。途中で貿易会社の低いショーウィンドーのところで腰を下ろしたが、とたんにお腹が痛くなり出した。下腹ではなく、もっと上の胃のあたりがしくしく痛んだ。息を吸うのが苦しかった。急に胃が痙攣《けいれん》しはじめたので、おさまるまでじっと我慢した。目の前に緑色の染《しみ》が広がり、小さな斑点が踊り出した。その時だしぬけに父さんの顔が浮かんだ。目をつむっていたので、そうなったのだろう。父さんの顔は緑色の染《しみ》の中心に浮かび上がってきた。ようやく楽に息ができるようになった。数人の若い男がぼくの方を見ていたが、その中のひとりが、どこか具合でも悪いんじゃないのかい、ともうひとりの男に尋ねた。ぼくは首をふって、もう大丈夫です、よく胃痙攣を起こすんですが、すぐにおさまりますからと答えた。ひとりが、水を持ってきてやろうかと言うと、もうひとりが、額の汗を拭いた方がいいよと教えてくれた。彼らから離れて、ひとりになりたかったので、作り笑いを浮かべ、もうよくなりましたと言ってひとりで歩き出した。汗をかいていたのは確かだった。塩からい汗が眉をつたって目に入ったので、ハンカチを出して汗を拭いた。何かが唇を引っ掻いたような感じがしたので、調べてみると、ハンカチに枯葉がくっついていた。

どれくらい時間がかかったのか覚えていないが、とにかくぼくは五月広場《プラーサ・デ・マヨ》に戻った。坂を登っている時に転んだが、人に見られないうちにとび起きた。大統領官邸の前の道を、車の間を擦り抜けるようにして渡った。あの子がベンチのそばにいるのは分かっていたが、ぼくは一心に走り続けた。ベンチにたどり着くと、ハアハア喘ぎながら倒れこんだが、その音に驚いて鳩が飛び立った。子供が走ると、大人はまるで悪いことでもしているような顔で睨みつけるが、近くにいた人たちもそんな目でぼくの方を見ていた。一息入れたあと、あの子の服の埃を払ってやり、もう帰ろうかと言った。あれはあの子に向かって言ったのではない。自分の声をこの耳で聞き、もう安心だと自分で確かめたかっただけだ。とにかく、あの子といっしょなら、しっかり手をつかんで引っぱっていくより仕方がなかった。何を言っても、聞いていないか、聞こえないふりをする。さいわい今度は、道路を渡る時も無理を言わなかったし、市電も始発駅から乗ったので空いていた。あの子を一番前の席に座らせると、ぼくは横に腰をかけた。帰りは一度うしろを振り向いただけで、下車する時も振り返らなかった。家まであと一区画のところにくると、ぼくたちはのろのろ歩いた。あの子は水溜りがあると踏み込もうとするので、ぼくは濡れていない敷石を歩かそうとして苦労した。だけど、そんなことはあまり気にならなかった。あの子が何をしようが構わなかった。自分はこの子を置き去りにしようとした、あの子を見てはそのことばかり考えていた。パセオ・コロンに行ったことも忘れていなかったが、ぼくはとてもさわやかな気分で、自分を誇らしく思っていた。ひょっとして、また……そう簡単にはいかないだろうが、ひょっとして……ぼくがあの子の手を引いているところを見たら、父さんや母さんはどんな顔をするだろう。中心街に連れて行ってやったよと言えば、きっと喜ぶにちがいない。親ってそんなものだ。だけど、ふとその時、父さんや母さんも時々ハンカチで顔を拭くだろうが、そんな時ハンカチについている枯葉で顔を引っ掻くこともあるのだろうかと考えた。

山椒魚

ぼくは山椒魚に取り憑かれていたことがある。植物園にある水族館に出かけて行っては、何時間も山椒魚を眺め、彼らがかすかに身動きしたり、じっとうずくまっている様子を観察したものだ。今では、そのぼくが山椒魚になっている。

春のある朝、ぼくはひょんなことから山椒魚に出くわしたのだが、その朝、パリはのんびり冬眠から目を覚まして、きらびやかな孔雀の羽を広げようとしていた。ポール・ロワイヤル大通りを下り、サン・マルセルとロピタルを通って行った。灰一色に包まれた中に、ところどころ緑が萌え出しているのを見て、ふとライオンたちのことを思い出した。ライオンや豹とはすっかり顔なじみになっていたが、薄暗くじめじめした水族館にはまだ一度も足を踏み入れたことがなかった。鉄柵のところに自転車を置いて、チューリップを見ようと中に入った。ライオンたちは醜くもの悲しげだったし、ぼくの豹はまだ眠っていた。仕方がないので水族館に入って、面白くもない魚を眺めていたが、その時偶然山椒魚に出くわした。一時間ばかり彼らを眺めたあと外に出たが、その時はもう山椒魚に取り憑かれていた。

サント・ジュヌヴィエーヴ図書館で辞書を引いてみると、山椒魚は幼生で、鰓《えら》があり、両棲類のサンショウウオ科に属すると書いてあった。あの山椒魚はメキシコ産だが、それは彼ら自身を、アステカ人を思わせるその小さな桃色の顔を見れば分かることだし、水槽の上の説明書にもそう書いてあった。説明によると、アフリカには乾期の間は陸に住み、雨期になると水中で生活するものもいると書いてあった。また、スペイン語ではアホローテといい、食用になり、以前その油はタラの肝油と同じように利用されていた（つまり、今は利用されていないということだが）、ということだった。

専門書まで調べてみようとは思わなかったが、翌日になるとふたたび植物園へ出かけて行った。毎朝そこへ通うようになり、時には朝昼二回出かけて行くこともあった。水族館の守衛は、切符を受け取るたびに戸惑ったような笑みを浮かべた。ぼくは水槽のまわりにめぐらしてある鉄柵にもたれて、山椒魚を眺めることにしていた。ぼくがこうなったのは不思議なことではない。というのも、はじめて出会ったあの瞬間からぼくにはわかっていたのだ。つまり、ぼくたちはある絆で結びつけられている。無限にかけ離れ失われてしまった何ものかが、それでもなおぼくたちを結びつけているのだ、ということが。彼らとはじめて出会ったあの朝、水の中を泡がプクプク立ち上っているガラスの前に立ち止まるだけで、ぼくには充分だった。水槽の苔むした石底はせせこましく、惨めったらしかった(それが分かるのはぼくだけだ)。そこに山椒魚たちはひとかたまりになって積み重なっていた。全部で九匹いたが、ほとんどがガラスに顔を押しつけ、近づいてくるものをその金の目でじっと見つめていた。彼らは水槽の底でひしめき合い、押し黙ったままじっとうずくまっていた。狼狽し気恥ずかしささえ覚えていたぼくには、そんな彼らを見るのが恥ずべきことのように思えた。ぼくは頭の中で、みんなから少し離れたところにいる山椒魚を一匹選び出して、もっと詳しく調べてみることにした。半ば透きとおった桃色の小さな体は(それを見て、ぼくは中国の乳色ガラスで作った小さな像を思い浮かべた)、十五センチほどの小ぶりなトカゲを思わせたが、そこにはほっそりした魚の尾がついていた。この部分は、ぼくたちの体の中でももっとも敏感なところだ。そして、背中には尾の動きにつれて動く透明なひれが走っていた。しかしぼくの心を捉えたのはその足だ。小さな指に微細な人間の爪のついている、繊細で巧緻をきわめた足だった。その時になって、ぼくは彼の目、彼の顔に目をとめたがそれは目を除いてはこれといって特徴のない、無表情な顔だった。ただ、押しピンの頭を思わせるふたつの目は、全体が透明な金で出来ていて、生気をまったく欠いていたが、それにもかかわらず何かを見つめていた。ぼくの視線はその目に突きささり、金色の部分を突きぬけて、透明で神秘的なその内部に吸いこまれていくように思われた。きわめて細く黒い輪で縁取られたその目は、桃色の体の、その頭部の桃色の石の上にくっきりと浮かび上がっていた。頭部はほぼ三角形をなしていたが、凹凸や歪みのあるところは時間によって腐蝕された小さな彫像を思い起こさせた。口は三角形の平べったい顔の下に隠れていたが、横から見るとかなり大きいことが分かった。しかし、前から見ると、生命のない石にかすかな細い割れ目が入っているだけだった。耳があるはずの頭の両側には、サンゴを思わせる赤くて小さい枝状突起が三本突き出していたが、その植物状の瘤起は鰓にちがいなかった。体の部分で動くのはそこだけで、十秒か十五秒毎にその枝状突起は固く硬直し、ふたたび下に垂れ下がった。時折、その山椒魚は片足を動かすが、ぼくが見ていると、苔の上に小さな足をそっと載せた。ぼくたち山椒魚は激しい運動が苦手だ。それに水槽がひどく狭いので必ず他の誰かの尻尾か頭にぶつかってしまい、うんざりするような厄介ごと、揉めごとが持ち上がるのだ。それに、じっとおとなしくしていると、時間のたつのがそれほど感じられない。

はじめて山椒魚に出会った時、彼らのいかにも平静な様子に惹かれて、思わずぼくは身を乗り出した。その時、彼ら山椒魚の秘めた意志、つまり一切に無関心になりじっと動かずにいることによって、時間と空間を無化しようとする彼らの意志がおぼろげながら理解できるように思えた。彼らは鰓を収縮させたり、石の上にほっそりした足をのせたり、急に泳ぎ出したりするが(彼らの中には、体をくねらせるだけで泳ぐものもいる)、後で分かったところでは、そうすることによって何時間も眠りこんでいた鉱物的な昏睡から目を覚ますのだ。とりわけ強くぼくの心を捉えたのは、彼らの目だった。その目に較べれば、他の水槽にいるいろいろな魚の人間に似た美しい目には単純な愚かしさしか読み取れなかった。山椒魚の目は、ぼくたちとはまったく違った生活、異なったもののの見方があるのだとぼくに語りかけていた。ガラスに顔を押しつけ(時々、守衛が不安そうに空咳《からせき》をした)、ぼくはあの小さな金の点を、桃色の生物たちの限りなく悠長で遠くかけ離れた世界への入口をもっとよく見ようとした。彼らの顔の前のガラスを指でコツコツ叩いてもむだだった。なにひとつ反応がなかった。その金の目は穏やかではあるが恐ろしい光で燃えつづけ、目眩《めくるめ》くばかりに深い奥底からぼくをじっと見つめていた。

それでも、彼らはぼくにとって身近な存在だった。こうなる前、山椒魚になる前に、ぼくはそのことに気づいていた。はじめて彼らに出会ったあの日に、ぼくはそのことを悟った。大方の人が考えているのとは逆に、猿が人間に似た外見を備えているのは、猿がぼくたちとはまったく違った生き物であるという証なのだ。山椒魚には人間と似通ったところが少しもない。これはぼくの考えが正しいことを、安直なアナロジーにすがりついていないことをはっきり物語っている。ただ、あの小さな手が……しかし、トカゲにもあのような手がついているが、人間とは似ても似つかない生き物だ。ぼくは思うのだが、山椒魚の頭、小さな金の目がついている桃色のあの三角頭が曲者なのだ。それはすべてを見、一切を知り尽くしていた。それは何かを訴えかけていた。彼らは単なる動物ではなかった。

ここで神話をもち出すのは簡単で、なんら問題ないことに思えた。彼らは山椒魚にはなったが、神秘的な人間性を無化しえずにいるひとつの変身なのだ、ぼくはそんなふうに考えはじめていた。ぼくの想像では、彼らは意識を備えているが、自分の肉体に隷従し、底知れぬ沈黙と救いのない瞑想にどこまでも縛りつけられた存在なのだ。彼らの盲いた目、無表情ではあるがらんらんと輝いている金の小円盤は、「助けてくれ！　助けてくれ！」と訴えかけているかのようだ。思わず知らず、ぼくはあてにもならぬ希望を与え、慰めの言葉をつぶやいていた。彼らはじっとうずくまったまま、ぼくを見据えていた。突然、桃色の枝状突起の鰓が硬直し、とたんにぼくは鈍い痛みのようなものを感じた。おそらくぼくを見つめていた彼らは、このぼくがうかがい知れない彼らの生活の中に分け入ろうとしているのに気づいたにちがいない。彼らは人間ではない。だが、ぼくの知る限り、彼らほど深い絆でぼくという人間と結びついている動物はいなかった。山椒魚たちは何かの証人とも見えたが、時には恐ろしい審判官のようにも思えた。彼らの前に立つと、自分が卑小なものに思えた。その澄みきった目には驚くほど純粋なものがあった。彼らは幼生だが、幼生とはすなわち仮面であり、幻であるということなのだ。無表情で、仮借《かしゃく》ない残酷さを秘めたアステカ人を思わせるその顔の背後には、いったいどのような相貌が隠されているのだろう。

ぼくは彼らが恐ろしかった。他の入園者や守衛がいなければ、とうていひとりで彼らの前に立っていられなかっただろう。「あんたはその目で、こいつらを食べてしまうつもりですか」と守衛は笑いながら言ったが、彼はぼくのことを少し頭のおかしい男だと思っていたにちがいない。あの守衛は知らなかったのだ。ぼくをその目でゆっくりとむさぼり食っていたのは、実はあの山椒魚たちなのだということを。それは金の人肉嗜食《ししょく》だった。水槽から遠く離れていても、ぼくは彼らのことばかり考えていた。まるで、彼らが遠くからぼくに働きかけているような感じだった。とうとう、毎日出かけて行くようになった。そして、夜ともなれば、暗闇の中で彼らがじっとうずくまっている様子や、ゆっくり伸ばした手が突然誰かの手とぶつかるところを思い浮かべていた。おそらく、彼らは真夜中でも目が見えたのだろう。彼らには、昼と夜は不分明なままつながっていたのだ。山椒魚には瞼《まぶた》がない。

今になって気づいたのだが、奇妙なことなど何ひとつなかった。それは起こるべくして起こったことなのだ。毎朝、水槽の方に身を乗り出すたびに、その考えが徐々に強まっていった。彼らは苦しんでいた。水底にいる彼らの身を嚙むような苦悩を、彼らの受けている苛酷な拷問を、ぼくの体の繊維組織の一本一本がひしひしと感じとっていた。なにものかが、遥かな昔に消滅した王国が、自分たちが王国を支配していたあの自由な時代がふたたび戻ってくるのを山椒魚たちはじっと待っていた。その石のような顔から、彼らが心ならずもつくろっていた無表情な外貌が消え、その下から恐ろしい相貌が現われてきた。その顔は苦しみを訴え、自分たちは永却の罰を受けて水地獄の中に閉じこめられているのだと語りかけていたにちがいない。山椒魚に意識などありはしない。ただ、彼らのことを考えすぎて、そんなふうに思い込んでいるだけだ。そう自分に言いきかせようとしたが、だめだった。彼らにもぼくにも分かっていた。だから、あの出来事には何も奇妙なところがなかったのだ。ぼくの顔は水槽のガラスに貼りつき、ぼくの目は虹彩も瞼もないあの金の目の神秘の中に分け入ろうとしていた。ガラスにくっついてじっとしている山椒魚の顔を、ぼくは触れそうなほど近くから見つめた。転移も驚愕もなかった。ぼくは水槽のガラスに押しつけられている自分の顔を見たのだ。それは山椒魚ではなく、ガラスに押しつけられたぼくの顔だった。その顔は水槽の外、ガラスの向こう側にあった。その時、自分の顔がガラスから離れたので、ぼくはすべてを理解した。

ただ、奇妙なことに、ぼくは以前と同じようにものを考えることもできれば、いろいろなことを知ってもいた。はじめてそうと気づいた時、ぼくは生き埋めにされた人が自分の運命を知った時のような恐怖を覚えた。向こうからふたたび自分の顔が近づいてきたが、その唇は山椒魚を理解しようとして固く結ばれていた。山椒魚になっていたぼくには、それがむだな努力だということがすぐに分かった。彼が水槽の外にいる限り、その考えはどこまでも水槽の外の考えなのだ。山椒魚になっていたぼくは、彼という人間を知っており、彼自身でありながら、しかも自分の世界の中にいた。自分は山椒魚の体の中に閉じこめられた。人間としての思考力を失わずに山椒魚に乗り移っている。山椒魚の体の中に生き埋めにされ、無感覚な生き物たちの間を輝かしく歩きまわるべく呪われているのだ、そう考えたとたんに、ぼくは身のすくむような恐怖を覚えた。そのことに気づいたのはあの一瞬だった。しかし、誰かの足がぼくの顔を撫でたので、体を少しずらして横をむいた。すると、そこにいた山椒魚がぼくの方をじっと見つめていた。そのとたんに、さっきの考えはどこかに消し飛んでしまった。ぼくには分かったのだ。伝えるすべもないのに、彼がぼくの考えをはっきり見抜いていることが。ぼく自身も彼の考えが読めるからか、それともぼくたち山椒魚が人間と同じようにものを考えることができるからにちがいない。いずれにしても、ぼくたちは自分の考えを表現することができない。できるのは、水槽に顔を押しつけているあの男の顔を、金色に輝く目でじっと見つめることだけだ。

以前、彼はよくここへやってきたが、最近はあまりこなくなった。近頃は、何週間も顔を見せないことがある。昨日はめずらしく顔を見せた。長い間ぼくを見つめたあと、急に帰ってしまった。どうやら、彼はもうぼくたちに興味がないらしく、惰性でやってきているようだった。今のぼくはものを考えることしかできないので、彼のことを心ゆくまで考えてみた。ぼくの考えでは、最初のうちぼくたちはたがいに意志を疎通し合っていたし、彼は彼で自分の心をつよく捉えているあの神秘と堅く結びついていると感じていたのだろう。しかし、ぼくと彼の間に渡された橋は断たれてしまった。というのも、以前彼の心を捉えていたものがその姿を変え、今では彼の人間としての生活とは無縁な一匹の山椒魚になっているのだ。はじめのうちは、なんらかの方法で——悲しいことに、ただ、なんらかの方法というだけなのだ——彼に戻ることができるだろう、そして、たがいによりよく知り合いたいという彼の願望をそのまま保っておけるはずだと信じていた。しかし、今ではぼくは正真正銘の山椒魚になっている。もしぼくが人間と同じようにものを考えることができるとすれば、それは山椒魚なら誰でも、その桃色の石像の内部でそんなふうに考えるからにすぎない。はじめのうちは、そうしたことの一部なりとも彼に伝えることができたはずだ。その時、ぼくはまだ彼だったのだ。そして今、この終局的な孤独の中で(彼はもうここへ戻ってはこない)、ぼくの慰めと言えば、いずれ彼がぼくたちについて何か書いてくれるだろう、自分では物語のひとつも思いついたつもりになって、山椒魚についてこのような物語を書いてくれるだろう、そう考えることだけなのだ。

夜、あおむけにされて

そして彼らはある時期になると、敵の男たちを狩りに出るが、
それを花の戦いと呼んでいた。

ホテルの、奥行きのある玄関の中程で、ふと約束の時間に間に合わないような気がした。慌てて外に飛び出すと、守衛に頼んで片隅に置かせてもらっていたオートバイを引き出した。街角の宝石店を見ると、九時十分前だったので、安心した。中心街の高い建物の間から陽の光が射していた。彼は——ここで彼と言ったのは、彼自身にとっても、彼がものを考えていくうえでも、名前など必要ないからだが——オートバイでドライブを楽しんでいた。両脚の間では、エンジンがうなりをあげ、さわやかな風がズボンをはためかせていた。

白とバラ色の庁舎や明るいショーウインドーを連ねた商店の立ち並ぶセントラル街を

通り過ぎると、やがてコースの中でももっとも気持ちのいいところにさしかかった。街路樹の植わった道路がどこまでも続き、車はほとんど見当たらなかった。両側には、広々とした別荘が立ち並び、庭が、低い植込みで仕切ってあるだけの歩道までせり出していた。そのあたりを飛ばすのは爽快だった。法規を守って道路の右側を走っていたが、朝の冷たい大気の中を滑るように走っているうちに、少しぼんやりしていたのだろう。あの事故が防げなかったのは、気が弛《ゆる》んでいたせいだ。街角に立っていた女が信号を無視して急に飛び出してきた。あっと思った時はもう間に合わなかった。手と足でブレーキをかけ、左へハンドルを切った時、女の悲鳴が聞こえた。ガツンと何かにぶつかったとたんに、目の前が真っ暗になった。まるで、急に眠りこんだような感じだった。

彼はハッと我に返った。目が覚めると、四、五人の若い男たちがオートバイの下敷になった彼を引き出していた。口の中は塩と血の味がして、膝が痛んだ。持ち上げられた時に、右腕を圧迫されたので、たまらず叫び声をあげた。顔をのぞきこんでいる連中とはまた別の男たちが、冗談を言ったり、心配ないと励ましてくれた。角を曲がる時はちゃんと信号を守っていたよ、そう聞かされて胸を撫でおろした。喉元にこみあげてくる吐気をこらえながら、彼は事故の原因になったあの女のことをたずねた。あおむけにされて近くの薬局に運ばれたが、その時に、女は足を少し擦りむいただけだと教えてもらった。「少し引っかけただけだ。それより、衝突したはずみで、車が横倒しになって……」いろいろな意見や経験談がやりとりされた。ゆっくり運んでやれ、そう、あおむけにしたまま中に入れるんだ。場末の薄暗い薬局に着くと、ダスターコートを着た男が水を一口飲ませてくれたので、少し楽になった。

五分後に救急車が到着して、柔らかい担架に移された。やっと手足を伸ばすことができた。意識ははっきりしていたが、激しい衝撃を受けたあとだったので、警官に付き添ってくれるよう合図した。腕はほとんど痛まなかった。ただ、眉の裂傷から流れた血が顔を真っ赤に染めていた。一、二度その血を舐《な》めてみた。気分は悪くなかった。よくある事故だ。運が悪かったんだな。二、三週間おとなしくしていればよくなるだろう。付添いの男が、車はあまり傷《いた》んでいないようだと言ったので、「そりゃそうですよ、私が下敷になっていたんですから……」と答え、二人で大笑いした。病院に着くと、付添いの男はお大事にと言って、手を差し出した。またしても、吐き気がこみ上げてきた。彼は車のついた寝台に移され、小鳥の群がっている木の下を通って奥の病棟に運ばれた。その間目を閉じたまま、眠っているか麻酔をかけてもらえばよかったと考えた。病院らしい匂いのする部屋に長い間放っておかれた。看護婦たちは書類に何か書き込んだり、彼の着ている服を脱がせて、灰色のごわごわした下着に着換えさせると、痛めた腕を用心深く動かした。腕はもう痛まなかった。彼女たちはたえず軽口を叩きながら働いていた。胃痙攣さえ起こらなければ気分は申し分なかった。

そのあとレントゲン室に運ばれた。二十分後には、黒い墓石を思わせる写真(まだ濡れていた)を胸にのせられたまま手術室へ移された。白衣を着た、痩せて背の高い男が近づいてくると、レントゲン写真を調べはじめた。女の手が頭の位置を変えて、べつのベッドに移されたように感じた。白衣の男がふたたび笑いながら近づいてきたが、右手にはなにか光るものが握られていた。彼の頬を軽く叩くと、うしろにいた男に何か合図した。

夢にしては妙だった。彼はこれまで臭《にお》いのする夢など見たことがないのに、あたりにはいろいろな臭いが漂っていたのだ。最初、沼地の臭いが鼻をついた。ふと気がつくと、左手にはそこから誰一人生きて戻ったもののない魔の沼、沼沢地が広がっていた。その臭いが消えると、代わりに彼がアステカ族から逃れようとあがいている夜のような、不気味で得体の知れない芳香が漂ってきた。人間狩りに来ているアステカ族の戦士たちから逃れなくては、その考えが当然のことのように頭に閃いた。助かる道はひとつ、彼らモテカ族のものしか知らない細い抜け道を通って、密林の奥深くに身を隠すことだ。

それが夢だということは、自分でもよく分かっていた。ただ、あの臭いだけがなにか異質な、夢の中の遊戯と関わりのないものに思えて、彼をひどく苦しめた。「戦いの臭いがする」そう考えて、毛織物の腰帯に差した石のナイフに本能的に手をやった。不意に物音がしたので、うずくまってじっと息を殺した。体の震えが止まらなかった。彼はしょっちゅう恐ろしい夢を見るので、こんな経験はよくあった。灌木の陰に身をひそめて待った。遠くの方、たぶん大きな湖の対岸では野営の火が焚かれていたにちがいない。その方角にあたる空が赤く燃えていた。物音はそれきりしなかった。木の枝の折れるような音だったが、おそらく彼と同じように獣が戦いの臭いから逃げようとしたのだろう。彼は臭いを嗅ぎながらゆっくり立ち上がった。音はしなかったが、あの臭い、花の戦いの甘ったるい芳香と同じように、恐怖はまだ消えていなかった。とにかく、先へ進もう、沼地に迷い込まないよう用心して、密林の奥に身を潜《ひそ》めなくては。彼は這いつくばると、地面の固い個所を手でさぐりながら二、三歩進んだ。走れるものなら走りたかったが、彼の左では水がひたひたと打ち寄せていた。暗闇の中で方角を決めようとした時、身の毛のよだつようなあの恐ろしい臭いが鼻をついた。彼は死にもの狂いになって前方に飛び出そうとした。

「そんなに暴れると、ベッドから落ちますよ」と隣のベッドの患者が注意してくれた。

目を開けると、もう夕暮れで、細長い病室の大窓に西日が射していた。彼は隣の患者に笑いかけながら、悪夢の残滓《ざんし》をふり払った。ギプスをした腕は、滑車と重しのついた器械で具合よく吊り上げられていた。何キロも走ったように喉が乾いたが、唇をしめらせるか、口に含む程度の水しか飲ませてもらえなかった。熱が少しずつ上がりはじめた。もう一度眠れそうな気がしたが、目が覚めているのが嬉しかった。薄目を開け、他の患者の話声に耳を傾けたり、時々尋ねかけてくる声に答え返していた。白いワゴンが近付いてきて、ベッドに横付けされた。ブロンドの看護婦が太腿の前部をアルコールで消毒すると、そこに太い針を突きさしたが、その針は細い管でオパール色の液体の入ったフラスコとつながっていた。若い医師が金属と革でできた器具をもって近付いてくると、いい方の腕にあてがってなにか検査した。日が暮れるにつれて上がりはじめた熱のせいで、彼は奇妙な状態に陥った。まわりのものが、オペラグラスを覗くようにくっきりと見え、甘美で現実味を帯びているのだが、一方では不快感も覚えた。ちょうどそれは、映画館に入って退屈な映画を見せられうんざりするが、外に出るよりはましだと思ってそのまま腰をかけているような感じだった。

セロリ、パセリ、ニラの香ばしい匂いのする金色のすばらしいスープが運ばれてきた。どんな御馳走よりも有難いパンが少しずつ胃の中におさまった。腕は痛まなかったが、縫合した眉の傷には、時折、焼火箸を当てられたような激痛が走った。前に見える大窓が深い藍色に染まりはじめていた。どうやら眠れそうだ。あおむけになっていて寝心地は良くなかったが、熱で乾いた唇をなめてみると、スープの味がしたので、気分が良くなり体の力を抜いた。

最初はわけが分からなかった。ぼやけ混乱していた意識を呼び覚ますと、ちょうど暗闇の中をひた走っているところだった。木々の枝を通して見える空は、まわりの暗闇に較べてほんの少し明るんでいた。「どうやら道に迷ったらしいな」と考えた。堆積した枯葉と泥の中に足がめり込み、一歩進むごとに灌木の枝が上体や脚をぴしぴし打った。あたりは暗く静まり返っていたが、追ってくる敵の気配が感じとれた。彼は息を弾ませうずくまると、耳を澄ました。道はすぐそばのはずだ。夜が明ければ、難なく見つかるだろうが、こう暗くては探しようがない。手はいつの間にかナイフの柄をしっかり握りしめていた。やがてその手は沼地のサソリのように、護符のかけてある喉のあたりに這いのぼってきた。口をほとんど動かさず、しあわせの月をもたらすトウモロコシの祈りと、モテカ族に幸福と恵みをもたらす至高の女神への祈願を唱えた。しかし、くるぶしは泥の中にズブズブめりこんでいった。見知らぬカシの林で待ち続けるのは、耐え難いほどつらかった。花の戦いは月の出とともにはじまり、今日で三日三晩続いていた。沼沢地のむこうで道を棄て、密林の奥に身を潜めれば、敵の戦士たちもおそらく追っては来ないだろう。彼はふと、多くの仲間がすでに捕えられているはずだと考えた。しかし、数は問題ではなかった。人間狩りは、神官たちが帰還の合図を下すまで、つまり聖なる時間のあいだ続けられる。すべてにその数と目的が定められていた。彼は聖なる時間のあいだ、人狩りをする戦士たちに追われ続けるのだ。

だしぬけに叫び声が聞こえたので、ナイフを持って跳び起きた。地平線の空は火事のように赤く燃え、すぐそばの灌木の間をたいまつの火が忙しく動きまわっていた。戦いの臭《にお》いは耐え難いほど強くなった。喉元に襲いかかってきた最初の敵の胸に石のナイフをずぶりと突き立てた時、身内を快感が走った。たいまつの火と楽しそうな叫び声が彼を取り巻いていた。一、二度ナイフが空しく空を切ったが、その時背後から縄をかけられた。

「熱のせいですよ」と隣の患者が言った。「私も似たような経験があります、たしか十二指腸の手術をした時です。水を飲むと、よく眠れますよ」

夢の夜から戻ってみると、病室の暖かい薄闇がありがたいものに思えた。突きあたりの壁の上の方に、紫色の明かりがついていたが、まるで自分を見守ってくれているように思われた。咳こんだり、大きく息をしたり、時々小声で話し合っている声が聞こえてきた。なにもかもが快かった。ここにいれば安全だ、追いつめられることもない……だが、夢の話はもうたくさんだ。ほかのことで気を紛らそう。彼はギプスをはめた腕や、その腕を具合いよく吊り上げている滑車をながめた。ナイトテーブルの上に、ミネラルウォーターの瓶が置いてあったので、おいしそうに口飲みした。薄暗い病室を見渡すと、ベッドが三十あり、ガラス戸の入った戸棚がぼんやり見えていた。熱はあまりなかったし、顔が冷たくて気持ちよかった。眉の傷も、遠い昔の思い出のようにほとんど痛まなかった。ホテルを出て、オートバイを引き出した時のことを思い返してみたが、まさかこうなるとは夢にも思わなかった。事故の瞬間を思い出そうとしたが、ポッカリ虚ろな穴があいていてどうしても埋められず、苛立《いらだ》ってきた。衝突してから抱き起こされるまでの間のことは、気絶していたのか、なにひとつ覚えていなかった。その空虚、ポッカリ口をあけたその穴は永遠のように思えた。いや、あれは時間といったものではない。むしろ、その穴に落ちた時、何かを通り抜けた、とてつもない距離を走り抜けたような感じがした。ぶつかったとたんに、道路にしたたか叩きつけられたが、助け起こされた時には、黒い穴から抜け出せたと思ってほっとした。腕が折れ、眉の傷からは血が流れ、膝に打撲傷を負っていたが、人に抱き起こしてもらいながら、ああ、これで昼の世界に戻れたという実感が湧いてきて、なんとも言えずうれしかった。それにしても、奇妙な話だ。いずれ診察室の医師に尋ねてみよう。眠気がふたたび襲ってきて、彼をゆっくり下の方へ引き込みはじめた。枕は柔らかかったし、熱でからからに乾いた喉はミネラルウォーターでうるおした。これなら、あのいまいましい悪夢に悩まされずに、ぐっすり眠れるだろう。壁の紫色のランプの明かりがだんだんぼやけていった。

眠った時と同じようにあおむけになっていたので、目が覚めても驚かなかったが、湿気と水の滲み出した石の臭《にお》いがしたので、あわてて口を閉じた。ようやく、事態がのみ込めた。目を開けてあたりを見回したが、真っ暗でなにも見えなかった。体を起こそうとして、手首と足首が縄で縛られているのに気づいた。彼は冷たく濡れた平石の床に打ちこんだ杭に縛りつけられていた。むき出しの背中や脚をつたって冷気が這いのぼってきた。顎で護符を探したが、すでに引きち切られたあとだった。もうだめだ、いくらお祈りを上げても助からない。地下牢の石の間を伝わってくるように、供儀《くぎ》の太鼓の音が遠くに聞こえていた。彼は今、アステカ族の神殿の地下牢に閉じこめられ、自分の番がくるのを待っていた。

かすれた叫び声が壁にあたって反響した。次の叫び声はたちまち悲鳴に変わった。今、暗闇の中で叫んでいるのは彼だ。間もなく襲ってくる避け難い運命から逃れようと、もがいていた。べつの地下牢に押しこめられている仲間のこと、供儀の祭壇に通じる階段を登っていく仲間たちのことを考えた。ふたたび叫び声をあげたが、かすれた声しか出なかった。顎がまるでゴムでできていて、しかもがっしり押さえられているような感じで、口を少し開けるにも力を入れなければならなかった。閂《かんぬき》の外れる音がしたので、彼は鞭で打たれたようにびくっとした。体をよじり、あがきながらなんとか縄をふりほどこうとしたが、逆にいっそう強く食いこんできた。利き腕の右手を力いっぱい引っぱったが、痛くてたまらず声をたてた。二枚扉が開かれた。光よりも先に、たいまつの臭《にお》いが鼻をついた。儀式用の腰布を巻いただけの伴僧《ばんそう》が蔑《さげす》んだような目つきで彼を見ながら、近づいてきた。たいまつの火が彼らの汗ばんだ上体や羽飾りをつけた黒い頭髪に照り映えていた。彼らは縄を弛めると、青銅のようにごつごつした熱い手で押さえつけた。彼はあおむけにされたままかつぎ上げられ、四人の伴僧によって乱暴に通路を運ばれた。たいまつを持った男たちが先導していたので、通路はほの明るかった。両側の壁は露をふき、天井は低かった。そこを伴僧たちは頭を下げるようにして進んだ。とうとう連れていかれる。もうおしまいだ。あおむけにされた彼の目の先一メートルのところに根岩の天井が見えたが、たいまつの火が時々その天井を照らした。岩天井が尽きれば、星が現われる。歓声と舞踊で湧き返っている階段が見えれば、最後だ。通路は果てしなく続いているがそれもいずれ尽きるだろう。突然、星の輝く外気の匂いがするはずだ。しかし、まだ大丈夫だ。赤い闇の中をどこまでも、乱暴に運ばれた。逃げ出せるものなら逃げたかった。しかし、彼の本当の心臓、生命の中心とも言える護符をもぎとられた今となっては、助かる望みはなかった。

　彼は一気に病院の夜に戻った。高い天井が彼をやさしく包み、やわらかな物影がまわりを囲んでいた。叫び声をあげたはずだが、まわりの患者は静かに眠っていた。藍色の大窓を背景にして立っている透明なミネラルウォーターの瓶の中には、泡が少し付着していた。息を整えると瞼《まぶた》の裏にしつこくまつわりついてくるあの恐ろしいイメージを振り払おうとした。目を閉じると、たちまちあのイメージがよみがえってくるので、恐怖のあまり体を起こしかけた。だが、その一方で彼は考えていた。自分はいま目が覚めている、夜勤の看護婦もいるし、間もなく夜が明けるはずだ。この時間はぐっすり眠れるから、あの恐ろしい夢に悩まされることもないだろう……。激しい眠気に襲われて、目を開けていられなかった。最後の力をふり絞ると、いい方の腕を水の入った瓶の方に伸ばした。しかし、手は届かず、彼の指はふたたび虚ろな闇をつかんだ。延々と続く岩の通路は、たいまつの光を受けて時々赤く輝いた。天井が尽きかけているのを見て、あおむけにされたまま今にも消え入りそうな悲鳴をあげた。彼は闇の中にポッカリ開いた入口から引き出された。伴僧たちは背筋を伸ばしていた。空にかかった下弦の月が顔を照らしたが、彼は目を逸らした。夢の夜から逃れて、もう一度病室のあの心強い天井を見たい、そう考えて死物狂いになって目を開けたり閉じたりした。しかし、いくらやっても、見えるのは夜と月だけだった。彼は頭を下にして階段を運び上げられた。上に見える祭壇では、薫煙《くんえん》を吹き上げているかがり火が真紅の円柱のように燃えていた。祭壇の石は血に染まって、不気味に光っていた。生贄《いけにえ》にされた男の足が揺れていた。その男は北の階《きざはし》まで運ばれ、そこから投げ落とされるのだ。今度こそはと思い、固く目をつむり、目が覚めるようにうめき声をあげた。一瞬、ベッドにじっと横になっているのに気づいて、うまくいったと思った。頭だけは下になって揺れていた。しかし、死臭が鼻をついたので、目を開けると、供犠を取り行なう神官が血にまみれた姿で、石のナイフを手にもって近づいてくるのが目に入った。二度と目覚めることはないと分かっていたが、それでも慌てて目を閉じた。自分は今、目覚めているのだ。夢のように支離滅裂なもう一つの世界こそ、じつはすばらしい夢だったのだ。彼は不思議な町の奇妙な街路を走っていた。炎も煙も出さず青と赤の灯が燃え、両脚の間には巨大な金属製の昆虫が唸りをあげていた。あれは夢だった。あの信じがたい夢の中でも、彼は地面からもち上げられた。あの時も、手にナイフを持った男が、かがり火の間であおむけにされて目を閉じている彼のそばに近づいてきた。

遊戯の終わり

暑くなると、アルゼンチン中央鉄道の線路がわたしたちの遊び場になった。母さんとルトおばさんが昼寝《シエスタ》をするのを待って、レティシア、オランダといっしょに白いドアからこっそり家を抜け出していく。母さんとルトおばさんは食器を洗っただけでいつも音《ね》をあげるが、そんな時、オランダとわたしがお皿を拭きはじめると、きまって大騒ぎになった。口喧嘩ははじめる、スプーンは床に落とす、二人にしか分からない言葉でやり合う。おまけに、たいていは油の匂いやホセの鳴き声、台所の薄暗さがもとで大喧嘩がもち上がり、なにもかもめちゃめちゃになってしまう。こういう揉め事を起こさせたら、オランダにかなうものはいなかった。たとえば、洗ったばかりのグラスを汚水の入った鍋の中に落としたり、ロサの家じゃこんな仕事は二人のお手伝いさんがするのよ、とさりげなく言ってのける。わたしにはわたしなりのやり方があった。つまり、ルトおばさんに向かって、深鍋ばかり磨いていないで、たまには茶碗やお皿を洗わないと（これは母さんの大好きな洗い物だった)、しまいに手が荒れるわよと言ってやる。そう言っておけば、口には出さなくとも、二人は楽な仕事をしようといがみ合うに決まっていた。お説教や家族の思い出話がうんざりするほど長くなると、猫の背中に熱湯をかけるという荒っぽい手を用いた。猫はたしかに冷たい水をいやがるが、火傷をするというのは嘘にちがいない。ホセは百度くらいのお湯なら、逃げるどころか茶碗に半分ほどかけてもらおうとすり寄ってきた。毛の抜けなかったところを見ると、湯はもっとぬるかったのかもしれない。そうすると、上を下への大騒動がもち上がる。ルトおばさんは変ト調のすばらしい叫び声をあげ、母さんはお仕置棒を取りに走るというわけで、混乱にいっそう輪をかけた。オランダとわたしは屋根のある廻廊を通って、奥の空部屋の方に逃げていくが、そこではレティシアがどういうわけかポンソン・デュ・トレイユ(ピエール・アレクシス・ポンソン・デュ・トレイユ、一八二九―七一年。フランスの作家)の本を読みながら、いつもわたしたちを待っていた。

たいてい母さんはしばらく追ってくるが、そのうちわたしたちの頭にお仕置棒をくらわせるのは諦めて、「できそこないのろくでなし、そんなことじゃ道で行き倒れにでもなるのがおちだよ」とぶつぶつ言いながら、疲れて戻っていく。一方、わたしたちはそんな母さんに向かって芝居がかった言い方で許しを乞うたものだ。

家の中がひっそり静まり、蜂が飛び交い、芳香の漂うレモンの木の下で猫が寝そべってお昼寝をはじめると、わたしたちはアルゼンチン中央鉄道の線路に出かけていった。白いドアをそっと開いて閉めると、あとは風のように自由になり、手足や全身が自然に前の方へ進んだ。勢いをつけて駆け出すと、線路の低い斜面を一気に駆け登り、そこから自分たちの王国を黙って眺めた。

大きくカーブした線路が家の裏手で直線に変わるそのあたりが、わたしたちの王国だった。王国といっても、砂利、枕木、複線の線路、それに間の抜けた雑草が砕石の間からちょろちょろ顔をのぞかせているだけで、あとは花崗岩の砕石に含まれた雲母、石英、長石が午後二時の陽の光を受けてキラキラ輝いているにすぎない。線路に触ろうとしてかがみこむと、焼けた石の熱気が顔に伝わってくる。そんな時はぐずぐずしていられない。列車の危険よりも、家のものに見つかる心配があった。川風に逆らって立つと、湿っぽい熱気が頰や耳をくすぐった。そのあと、脚の屈伸運動をして斜面を走って登り下りする。そうして、日向《ひなた》と影の間を往復しては、汗の出ぐあいを互いに見比べたが、たちまち汗びっしょりになった。それが終わると、三人は押し黙ったまま、どこまでも続いている線路や、ミルクコーヒーのような色をした対岸の河の一部を眺めた。

王国の視察を終えると、斜面を降りて柳の木蔭で休んだ。白いドアのそばの塀にもたれるようにして立っている柳の木蔭、そこが王国の首府、野性の町、遊戯の中心になっていた。遊びをしようと言い出すのは、もっとも恵まれていてしあわせなレティシアだった。彼女は皿を拭いたり、ベッドを作らなくてよかった。昼は本を読んだり、切り絵を貼って遊び、夜は夜で、頼みさえすれば遅くまで起きていても叱られない。おまけに、自分の部屋をもらい、骨入りスープやそのほかいろいろな特典が与えられていた。こうした特典を利用して、彼女は去年の夏頃から、わたしたちを、つまりは王国を支配するようになった。これは言い過ぎとしても、ともかく、自分の方から進んでこんな遊びをしようと言い出すようになった。オランダもわたしもべつに反対せず、喜んで彼女のいいなりになっていた。つねづね母さんからレティシアと遊ぶ時は、よく気をつけてあげるんですよと言われていたし、わたしたちも彼女が好きだったので、女王にしてあげるのがいやではなかった。おそらくそのせいで、わたしたちは彼女の言うとおりにしていたのだろう。ただ、三人の中で一番背が低くて痩せていたので、女王にしては見栄えがしなかった。オランダも痩せっぽちだったし、わたしも五十キロを越えたことはなかったが、レティシアはそれよりも細かった。しかも、その痩せ方というのが首筋や耳のあたりを見ただけでもそれと分かるものだった。きっと、背筋が硬ばっているせいで、いっそう痩せて見えたにちがいない。背筋が突っぱって首が左右に回らないところは、ロサの家の白い布を張ったアイロン台にそっくりだった。壁などに立てかけてある、上の方が巾の広くなっているアイロン台、それがわたしたちの女王だった。

この遊びのことが母さんやルトおばさんに知れたらと思うと、ぞくぞくするほど嬉しくなった。大変な騒ぎになることは間違いない。変ト調の叫び声に失神。そして、わが身を犠牲にしてこれだけ尽くしてやっているのに、この恩知らずと叱られたうえに、いつものお仕置をするとさんざん言われ、最後には、わたしたちを待っている運命が予言される。つまり、お前たち三人は道で行き倒れにでもなるのがおちだよ、だけど、行き倒れのどこが悪いのか分からなかったので、そう言われるとわたしたちは妙な気持ちになったものだ。

最初にレティシアがくじを引こうと言い出す。いろいろな方法があるが、たとえば、手に小石を隠し持って二十一まで数えるやり方だと、二、三人の女の子を思い浮かべて、ごまかしのできないよう数の中に入れておく。そのうちのひとりが二十一番目に出てくると、その子を除いてもう一度やり直し、わたしたちのひとりに当たるまで続ける。それが終わると、オランダとわたしが石を起こして、装身具の入った箱を開ける。オランダにくじが当たった場合は、レティシアとわたしが装身具を選ぶことになる。遊びには影像と活人画の二種類あって、活人画の時は装身具はいらないが、表現力が大いに要求される。羨望を表わす時は、歯を見せ、手を力いっぱい握りしめてもの欲しそうな感じを出さなくてはいけない。慈悲を表わす時は、空を見上げ、天使のような表情を作るのが望ましいが、一方でいもしない哀れなみなし子に向かってボロ切れ、ボール、柳の枝といったものを差し出してやる。恥じらいや恐怖を表わすのは簡単だったが、怨みや嫉妬はもっと工夫する必要があった。装身具はもっぱら影像に用いたが、その場合くじに当たったものは衣裳の細部までよく考えておかなくてはいけない。というのも、自分の好きなように影像を作っていいのだが、装身具の選択には加われなかった。つまり、装身具はあとの二人が選び出して、つけてやることになっていた。したがって、選ばれた人はその装身具を上手に使って影像を作らなくてはいけない。そうした方が、いっそう複雑で面白くなる。時々、あとの二人が敵にまわってどうしようもない衣裳をまとわせることがある。そんな場合、いい影像が作れるかどうかはその人の機知と創意にかかってくる。活人画はたいていうまくいくが、影像の時はとんでもない失敗があった。

あの遊びをはじめたのはいつのことかよく覚えていないが、とにかく列車から一枚の紙切れが投げ落とされて以来すっかり様子が変わってしまった。もちろん、自分だけの楽しみで彫像や活人画を作っていたわけではない。それなら、とっくの昔に飽きてしまっていただろう。あの遊びをする時、選ばれた人は柳の木影から出て斜面の下に立ち、ティグレから来る二時八分の列車を待つ。パレルモのこのあたりを通る時、列車はかなりスピードを出しているので、彫像や活人画を作るのはべつに恥ずかしくなかった。窓際の人の顔はほとんど見えなかったが、慣れてくるとこちらを見ている人がいるのに気がつくようになった。べっこうの眼鏡をかけた白髪の紳士などは窓から顔を突き出して、遊戯をしているわたしたちにハンカチを振っていた。学校帰りの男の子たちは列車のステップに腰をかけ、大声でわめき立てていたが、中には恐い顔で睨んでいる子もいた。彫像や活人画を作っている当人は、体を動かすまいと緊張しているので、何も目に入らないが、柳の下に控えているあとの二人はうまくいったか、冷やかな反応しかなかったかどうかと、目を皿のようにして観察していた。あの紙切れは火曜日に、列車の二両目から投げられた。それはぶつぶつ文句ばかり言っていたオランダの目の前に落ちると、わたしのそばに転がってきた。何重にも折り畳んで、ネジにくくりつけてある紙には下手な男文字で、「彫像はとても素敵だ。ぼくは二両目の三つ目の窓のところにいる。アリエル・B」と書いてあった。ネジにくくりつけて投げて寄こすにしてはそっけない文面だと思ったが、それでも三人は大騒ぎした。誰がもらうかでくじを引くと、わたしに当たった。アリエル・Bがどんな子か見たかったので、次の日は三人とも遊びは止すつもりでいた。しかし、中止して誤解されるといけないので、いつものようにくじ引きをした。レティシアに当たったが、彼女はとてもすばらしい彫像ができるので、オランダとわたしは大喜びした。かわいそうなレティシア。でも、じっとしていれば麻痺しているとは分からないし、彼女なら気高く崇高なポーズが作れた。活人画の時は、寛大、慈悲、犠牲、諦めを選び、彫像の時は、ルトおばさんがニロのヴィーナスと呼んでいる客間のヴィーナス像の格好を真似ていた。アリエルにいい印象を与えたかったので、わたしたちは特別な装身具を選んでやった。緑のビロードをトーガのように着せ、頭には柳で編んだ王冠を載せてあげた。季節柄半袖の服を着ていたレティシアはまるでギリシャ彫刻のようだった。彼女が木蔭で練習している間に、わたしたちも顔をのぞかせ、控え目に愛想よく挨拶することに決めた。

レティシアはすばらしい出来だった。列車が通過する時も、指一本動かさなかった。

首が左右に回らないので、仰向きかげんに傾け、両腕を体に巻きつけていたが、そうすると腕がないように見えた。緑のトーガを着ていなければ、ニロのヴィーナスと見違えたかもしれない。三番目の窓を見ると、ブロンドのちぢれ毛に明るい目をした男の子が乗っていた。彼はオランダとわたしが手を振っているのを見て、にっこり笑った。あっという間に列車は通過したが、四時半になってもまだ、あの子は黒っぽい服に赤のネクタイをしていたとか、感じのいい子だったか、小憎らしい子だったかといったことを話し合っていた。わたしは木曜日に失意の活人画を作ったが、その日も「三人ともとても素敵だ。アリエル」と書いた紙切れが飛んできた。その頃になると、彼は窓から顔と手を突き出し、笑いながら合図するようになっていた。おたがい口では十八歳くらいだと言っていたが、心の中ではまだ十七にもなっていないだろうと考えていた。英国系の学校に通っているにちがいないという点では意見が一致したし、三人ともそう固く信じていた。あんな素敵な男の子が工場で働いているとはどうしても考えられなかった。

悪運のつよいオランダは三日続けてくじを引き当てた。彼女はいつになく張り切って、幻滅と盗みの活人画、それにバレリーナの彫像をしたが、これは列車がカーブにさしかかる頃から片足で立っているという、非常にむずかしいものだった。翌日とその次の日はわたしに当たった。恐怖の活人画をしているわたしの鼻先にアリエルの手紙が落ちてきたが、そこには「いちばん不精な子がいちばん素敵だ」と書いてあった。はじめに読んだ時は、意味が分からなかった。レティシアがいちばんあとでその意味に気づいたが、とたんに赤くなって向こうへ行った。オランダとわたしは少し気分を害して顔を見合わせた。最初二人の頭に浮かんだのは、アリエルがとんでもないおばかさんだという考えだった。だが、感じやすいうえに十字架を背負っているレティシアに向かってそんなことは言えなかった。何も言わず手紙をしまいこんだところを見ると、彼女はそれを自分のものだと思ったにちがいない。その日は、家に戻る時も三人ともほとんど口をきかず、夜もいっしょに遊ばなかった。夕食の時、レティシアはとても元気で、目が輝いていた。母さんは自分の喜びを確かめるようにルトおばさんの方をちらちら見ていた。その頃、レティシアは体が丈夫になるように新しい治療を受けていたが、見たところそれはすばらしい効果をあげていたようだ。

オランダとわたしは寝る前にその日のことを話し合った。列車の窓から投げられたアリエルの手紙は大きな波紋をひき起こしたが、そのこと自体はべつにどうということはなかった。ただ、レティシアが自分の特権をいいことにわたしたちをないがしろにしているように思えたのだ。一家に体が悪くて気位の高い人がいると、その病人をはじめ家族のものは気づかないふりをする。いやむしろ、病人が自分の体のことを知っているのに、ほかのものはそれに気づかないふりをするのだ。レティシアもその辺のところをわきまえていて、わたしたちが何も言わないと考えていたにちがいない。もっとも、大袈裟に考えるほどのことでもなかった。それはともかく、夕食の時のレティシアの態度や、あの手紙を黙ってしまい込んだやり方が気に食わなかった。その夜もまた、列車の出てくる恐ろしい夢を見た。明け方、わたしは無数の線路が走り、あちこちに切り替えポイントのある広い海岸のようなところを歩いていた。機関車の赤い明かりが遠くからこちらに向かってくる。列車は左側を通過するはずだが、一方でうしろからも列車の迫ってくる気配がする。その列車が通過する時、一台が脱線してわたしは押し潰されるかもしれない。そう思うと恐ろしくて仕方がなかった。しかし、朝、目を覚ますと、レティシアが、体が痛むの、と言ったので、私たちは服を着せてあげた。そのせいで、悪夢のことはすっかり忘れてしまった。彼女は昨日のことを少し悔やんでいるようだった。わたしたちは、歩きすぎたのよ、今日はお部屋で本を読むといいわ、とやさしく忠告してあげた。その時は何も言わなかったが、昼食の時間になると部屋から出てきた。母さんが具合はどうだいと尋ねると、もう背中もほとんど痛くないし、気分がよくなったわ、と答え、こちらをちらっと見た。

その午後は、わたしにくじが当たった。ふと思いついて、今日は譲ってあげるわ、とレティシアに言ったが、理由は明かさなかった。レティシアを好きなアリエルはどうせ彼女の方ばかり見るに決まっている。彫像の日だったので、簡単にできるようにごくあっさりした装身具を選んであげた。中国のお姫様を演じたレティシアは、恥ずかしそうにうつむくと、両手を前で組み合わせたが、いかにもそれらしく見えた。列車が近づくと、オランダはくるりとうしろを向いたが、わたしはじっと見ていた。アリエルはレティシアに見とれていて、列車がカーブの向こうに消えるまで一度も目を離さなかった。レティシアは体を動かすまいとしていたので、きっと彼に見つめられているとは気づかなかったはずだ。それなのに、柳の下に休みに戻ってきた彼女はちゃんと知っていた。そのあと、午後はずっと、いや夜になってもこのままでいたいわ、と彼女は言った。

水曜日は、自分が抜けた方が公平だとレティシアが言ったので、オランダとわたしでくじ引きをした。例によって悪運のつよいオランダがくじを引きあてたが、アリエルの手紙はわたしのそばに落ちた。拾い上げた時、黙りこくっているレティシアに渡してあげようかと思った。だけど、いつも御気嫌を取らなくてもいいと考えて、ゆっくり開いてみた。少しお話したいので、明日、次の駅で降りて、堤防に沿ってそちらに行きます。手紙にはそう書いてあった。すごく下手な字だったが、「三つの彫像に心からの挨拶を送ります」という末尾はすてきだった。署名はひどいなぐり書きだったが、個性的と言えなくもなかった。

オランダの装身具を外している時に、レティシアはわたしの方を一、二度ちらっと見た。手紙を読んであげたのに、二人とも何も言わなかった。いずれにしても、アリエルがくることになったので、煩わしくてもそれに備えていろいろと考えたり、心の準備をしなくてはいけなかった。こんなことがもし家に知れたり、チビでやきもち焼きのロサ家の娘たちに見られでもしたら、とんでもない騒ぎになることは分かりきっていた。だけど、三人とも黙りこくったまま家に戻り、白いドアから中に入る時も顔を見交わさなかった。こんなことになったというのに、奇妙な話だった。

ルトおばさんは、オランダとわたしにホセを洗っておやりと言うと、新しい治療をするためにレティシアを向こうに連れて行った。ようやく二人きりになれてほっとした。私たちには男友達がいなかった。いとこのティートは男の子にちがいなかったが、切り絵人形を作ったり、最初の聖体拝領を信じこんでいるようなおばかさんだったので数の中に入らなかった。だから、アリエルが会いにくるというのは、わたしたちにしてみれば夢のような話だった。そのせいでわたしたちは気が立っていたが、かわいそうなホセがその被害を一身に受けた。大胆なオランダがレティシアのことを話しはじめたが、わたしはどう考えていいか分からなかった。あのことがアリエルに知れたらと考えると空恐ろしくなったが、同時にひとりの人間の都合で事実が歪められていいものだろうかという気持ちにもなった。彼女が病人でさえなければ問題はなかったのだ。だが、不幸なレティシアは十字架を背負わされているうえに、今はまた新しい治療やそのほかいろいろな問題に悩まされていた。

夜になっても、わたしたちはいつものようにしゃべらなかった。母さんは怪訝そうな顔で、どうかしたの、ねずみに舌をかじられでもしたのかいと尋ねると、ルトおばさんの方にちらっと目をやった。なにかいけないことをして、気が咎めているにちがいないと母さんたちは考えていた。レティシアは食事にほとんど手をつけず、体が痛むからお部屋で『ロカンボール』を読ませてほしいと言った。彼女はいくぶん迷惑そうにしていたが、オランダは構わず腕を取ってやった。わたしは苛々してくると編物をすることにしていたが、その時もひとりで編物をはじめた。二人がなにをしているのか気になったので、二度ばかり彼女の部屋へ行ってみようと思った。間もなくオランダがもったいぶった様子で戻ってきた。わたしの横に腰をかけ、母さんとルトおばさんが席を立つまで口を開かなかった。「あの子、明日は行かないんですって。彼がもしいろいろ尋ねてきたら、この手紙を渡してほしいって言うのよ」彼女はブラウスのポケットを少し開けると、スミレ色の封筒を見せてくれた。そのあと、皿を拭きなさいと言いつけられた。あの日はいろいろな出来事があったし、ホセを洗って疲れてもいたので、ベッドに入るとそのまま眠り込んだ。

次の日は、わたしが市場へ買物に行くことになっていたので、朝のうちは部屋にいたレティシアと顔を合わさなかった。食事の前に、彼女の部屋へ行くと、窓際に枕を沢山積み重ねて『ロカンボール』の第九巻を手にしていた。「柳の木のところに来られないなんて、さみしいわ」慰めるつもりでそう言ったが、うまく言えなかった。「体のぐあいが悪くてこられなかったって、代わりに言ってあげてもいいのよ」と言ってみたが、彼女は、いいのと答えたきりあとは黙りこくっていた。くればいいのに、と少し強く言ったあと、つい調子に乗って、『青春の宝典』で覚えこんだ、真の愛はいかなる障壁をも乗り越えるとか、そのほかいろいろな美辞麗句を並べ立て、恐がることなんかないのよと元気づけてあげた。しかし、彼女は窓を見つめたまま、今にも泣き出しそうな顔をしていたので、言葉が出なくなってしまった。いたたまれなくなって、母さんが呼んでいるわと言って部屋を出た。昼食の時間はとても長く感じられたし、オランダはテーブルクロスの上にトマトソースを落としてルトおばさんに引っぱたかれていた。皿を拭いた時のことは何ひとつ覚えていない。気がつくと、二人は柳の木の下にいた。おたがい相手を妬《ねた》むこともなく、とてもしあわせな気持ちで抱き合った。高等学校の男の子は、初等学校を終えたあと家で裁縫や料理ばかりしている女の子を軽蔑するものよ。だから、いい印象を与えたければ、こんなことを勉強してるのって言わなきゃだめよ。オランダはわたしにそう教えてくれた。アリエルが二時八分の列車から力いっぱい手を振っていたので、わたしたちも柄の入ったハンカチを振って答えた。二十分ほどすると、提防沿いにやってくる彼の姿が見えた。アリエルは思ったよりもずっと背が高くて、灰色の服を着ていた。

会った時に何を話したのか忘れてしまった。ただ、手紙を投げて寄こしたり、わざわざやって来るにしては案外内気な男の子だったし、しゃべる時も考えてしゃべっていた。

彼はだしぬけに彫像や活人画を褒めはじめたかと思うと、わたしたちの名前や、どうしてもうひとりの人はこなかったのと尋ねた。オランダが、彼女はどうしてもこられなかったのと答えると、残念だな、それにしてもレティシアってきれいな名前だねと言った。彼は、残念なことに英国系の学校ではなく、工業学校の話をしたあと、装身具を見たいと言い出した。オランダは石を起こすと、彼に見せてやった。アリエルは装身具を取りあげては、「これはいつかレティシアがつけていたものだ」、「東洋風の彫像(中国のお姫様のことだが)に使ったのはこれだね」としきりに感心していた。そのあと、三人で柳の蔭に腰をおろしたが、アリエルはとても行儀がよかった。嬉しそうな顔をしていたが、少しぼんやりしているようだった。話が途切れるたびにオランダはわたしの方を見たが、そのせいですっかり気分がこわれてしまった。いっそのことこなければよかったんだわ、このまま帰ってしまおうかしら。わたしたちはほんとうにそう思った。レティシアは病気なの？　二度目に彼がそう尋ねた時、オランダはわたしの方を見た。何もかも話してしまうつもりなんだわ、とわたしは思った。しかし、オランダは、今日はだめなの、と答えただけだった。アリエルは木の小枝で地面に幾何学模様を描きながら、時折白いドアに目をやっていた。彼の考えていることは分かっていた。オランダが気を利かせて、彼の手にスミレ色の封筒を握らせたのは賢明だった。彼は驚いていたが、レティシアから渡すように頼まれたのと言われると、とたんに真っ赤になった。わたしたちの前で読むのは気がひけたのか、上着の内ポケットにしまった。彼は急に、今日はとても楽しかった、ここにきてよかったよとしゃべりはじめた。彼の手はぶよぶよして気味が悪かったので、わたしたちは早く帰ればいいと思った。そのくせ、帰ってしまうと、彼の灰色の目や寂しそうな笑顔のことばかり考えていた。彼は別れ際に、「それじゃ、いつまでも《アスタ・シエンプレ》」と言ったが、そんな挨拶は家で一度も聞いたことがなかったので、詩の中にでも出てきそうな素敵なものに思えた。レティシアが中庭のレモンの木の下で待っていたので、私たちはなにもかも話してあげた。手紙になんて書いたのと尋ねようと思ったが、オランダに渡す前に封がしてあったのを思い出して止すことにした。わたしたちは、アリエルがどんな子で、それは何度もあなたのことを尋ねていたわよといったことを話してあげた。レティシアにしてみれば、それは嬉しいことでもあり、また悲しいことでもあったはずだから、わたしたちも話しづらかった。レティシアは幸せそうな顔をしながら、一方で今にも泣き出しそうになっていた。私たちはルトおばさんに呼ばれているからと言って立ち去ったが、彼女はひとりレモンの木に群がる蜂を見つめていた。

その夜、寝ようとすると、オランダが「よくって、明日から遊びは中止よ」と言ったがまだ終わりではなかった。翌日、デザートの時に、レティシアがいつもの合図を送って寄こした。食器を洗いに立ったわたしたちは驚いたというよりも、その厚かましさに少々腹を立てていた。彼女はドアのところでわたしたちを待っていた。柳の木に着くと、ポケットから母さんの真珠の首飾りやありったけの指輪(その中には、ルトおばさんのルビーのついた大きな指輪もあった)を次々に取り出したので、私たちは肝を潰した。もしロサ家のあのチビたちがこっそりのぞいていて、宝石を目にしたら、あわてて母さんに告げ口するに決まっている。そうなれば、もうおしまいだ。しかし、レティシアは落ちついたもので、もしなにかあれば自分が責任を取るからと言い切った。彼女は向こうを向いたまま、「今日はわたしにさせてほしいの」と頼んだ。わたしたちは大急ぎで装身具を取り出したが、その時ふと、今日はレティシアにやさしくして、喜ばせてあげようと考えた。わたしたちに怨みっぽい気持ちがなかったと言えば、嘘になるだろう。彫像を作ることになっていたので、あの宝石に合うようなすてきな装身具を選んであげた。髪を押さえるのに用いる沢山の孔雀の羽、遠くからだと銀狐のように見える毛皮、ターバン風に頭につけるバラ色のヴェールなどを取り出した。彼女はそこに立って、考え考え練習していたが、やがて列車がカーブにさしかかった。彼女が斜面の下に立つと、宝石類は陽の光を受けてキラキラ輝いた。まるで活人画を作るように両腕を高くあげると、手で空を指し、首をうしろに反《そ》らした(かわいそうに、彼女にはそれしかできなかった)。そして、見ていてはらはらするほど体を大きく反らした。これまで見たこともないほどしっかりした彫像で、すばらしい出来だった。アリエルは窓から乗り出して、食い入るように見つめていた。首をねじまげ、彼女だけを見ていた。列車はあっという間に通過したが、その間彼は一度もわたしたちの方を見なかった。二人同時に駆け出していって、目を閉じたまま大粒の涙を流しているレティシアの体を支えたが、彼女は静かにわたしたちを押しのけた。宝石類をポケットにしまう時は、わたしたちも手伝った。これでおしまいなのね、と考えながら装身具をしまっている間に、彼女はひとり家に戻った。次の日、レティシアは体が痛いので、眠りたいと言っているから騒いじゃだめだよ、とルトおばさんから言い渡された。そのあと、オランダとわたしはいつものように柳の木のところに行ったが、どうなるか大方の察しはついていた。列車が通ったので、三番目の窓を見たが誰もいなかった。思ったとおりだった。ほっとしたような、そのくせ腹立たしいような気持ちでわたしたちは顔を見合わせて、笑った。

きっとアリエルは、向こう側の席におとなしく腰をおろし、灰色の目で川を見ていたのだろう。

訳者解説

ここに訳出した『遊戯の終わり』の作者フリオ・コルタサルに関しては、『コルタサル短篇集 悪魔の涎・追い求める男 他八篇』(岩波文庫)の解説ですでに紹介しておいた。ただ、この訳書ではじめてコルタサルの作品を手にされる読者もおられるだろうから、以下簡単に記しておこう。

フリオ・コルタサルは一九一四年、父親の仕事の関係でベルギーの首都ブリュッセルに生まれた。しかし、しばらくすると第一次世界大戦の戦火がブリュッセルにまで及んできたので、一家はいったんバルセローナに移った後、彼が四歳のときに祖国アルゼンチンに帰国する。帰国後すぐに父親が家族を棄てて出奔したために、母親はコルタサルと妹を連れてブエノスアイレス郊外に住む親戚の家に身を寄せることになった。

コルタサル自身の言葉によると、少年時代は読書好きではあったが、病弱で夢想癖のある孤独な子供だったとのことである。本好きな少年の例に漏れず、彼も八、九歳のころから物語を書きはじめるが、その後ポーの作品に影響を受けて詩作を行なうようになる。もっとも、詩人や作家になろうとは思ってはおらず、もっぱら詩を読んだり、書いたりすることのほうが多かった。

その後、家庭の経済状況を考えて、まず教員免状を取得し、次いでブエノスアイレス大学に進学する。しかし、女手ひとつで育ててくれている母親にこれ以上迷惑をかけるわけにいかないと考えて、彼は二十三歳のときに地方の高校に教師として奉職するが、しばらくするとクーヨ大学からフランス文学の教員として招かれて赴任する。当時はほとんど人と付き合うこともなく孤独な生活をおくっていた。その分読書をしたり、ものを書いたりする時間はたっぷりあった。

そんな中、ペロンを大統領に推す動きが国民の中で高まる。このままではアルゼンチンが独裁体制になると懸念した彼は反ペロン運動に加わり、それがもとで逮捕され、短期間ではあるが投獄された。一九四五年、三十一歳のときに大学を辞めてブエノスアイレスに戻り、さまざまな仕事をしながら読書と執筆に専念する。この時期に詩集『現在』(一九三八)と戯曲『王たち』(一九四九)などを発表するが、ほとんど注目されることはなかった。その後フランス語と英語の翻訳家の資格を取得し、一九五一年、試験を受けてフランス政府招聘の留学生としてパリに旅立つことになる。出発直前、書き溜めてあった原稿を友人たちが奪い取るようにして持ち去り、出版社に持ち込んだのが短篇集『動物寓意譚』で、彼がパリについた後アルゼンチンで出版された。悪夢を思わせる幻想性をたたえたこの作品は、作者自身がそれまでアルゼンチンでは書かれたことのない世界を描いたものだと述べているように、ポーの作品を思わせる不気味な恐怖をたたえた魅力的な作品になっている。

コルタサルはそのまま帰国せずパリにとどまり、ユネスコの自由契約翻訳官として仕事をしながら執筆活動を行ない、一九五六年にはここに紹介した『遊戯の終わり』を、ついで五九年には短篇集『秘密の武器』を発表している。また、長篇小説にも手を染めて、一九六〇年に懸賞に当たってクルージングに招待された乗客たちが巻き込まれる奇妙な事件を描いた『懸賞』を出版する。その三年後に出版された小説『石蹴り遊び』は、不可能と知りつつ絶対の探求をめざす人物を主人公に、実験的手法を縦横に駆使しながらジャズがもたらす陶酔やエロティシズム、さらには禅の教えなど、非合理的なものを言語化しようと果敢に挑戦した作品であり、ラテンアメリカ現代文学の傑作のひとつに数えられている。その後も次々に短篇集やエッセイ、ジャンル分けするのがむずかしい奇妙な性格の作品を発表している。以下に彼の主な作品を挙げておくと、短篇集としてはシュルレアリスティックな奇妙な味わいの作品『クロノピオとファマの物語』(一九六二)、『すべての火は火』(一九六六)、『八面体』(一九七四)、『通りすがりの男』(一九七七)、『愛しのグレンダ』(一九八〇)、『ずれた時間』(一九八二)などが挙げられる。ほかに吸血鬼伝説にテーマを取った実験小説『組立てモデル／62』(一九六八)やラテンアメリカの政治的亡命者の苦悩を大胆な手法を用いて描き、フランスのメディシス賞を受賞した小説『マヌエルの教科書』(一九七三)などがある。

また、さまざまなエッセイや短篇、断章などをコラージュ風に集めたまことに楽しい作品『八十世界一日一周』(一九六七)や『最終ラウンド』(一九六九)なども見落とすことができない。

一九五一年以降ずっとパリで執筆活動を続け、時々祖国をはじめラテンアメリカのほかの国々を訪れていたが、一九八四年、白血病で亡くなった。コルタサルの訃報に接したメキシコのノーベル賞詩人オクタビオ・パスは『墓碑』と題したエッセイでコルタサルについて次のように語っている。

フリオ・コルタサルはこの五十年間におけるイスパノアメリカ文学の中心的な作

家である。私と同じ世代で、この世代の作家としてはホセ・レサーマ・リマやビオイ・カサーレス、ニカノール・パーラ、ゴンサーロ・ローハス、そのほか何人かの作家、詩人がいる。彼はスペイン語の散文を変革した作家の一人で、散文に軽やかさ、優雅さ、伸びやかさ、それに多少の卑俗さをもたらした。彼の散文は重さや実体を欠いている風を思わせるが、激しく吹き寄せてわれわれの脳裏にさまざまなイメージとビジョンを呼び起こす。フリオは数々の言葉をよみがえらせ、生き生きと躍動させ、舞い躍らせた。彼の作品に描かれているラテンアメリカは――山脈や砂漠、地方ボスや軍の指導者、ありきたりの情熱といった――伝統的でステレオタイプ化したものではなく、都会的なラテンアメリカである。このラテンアメリカは絶え間なく変化し、変化することで自らを創造し、自らを創造することによって生き続けてゆく。単純でありながら洗練されている彼の作品においては、植物が成長し、星々がきらめきながら巡り、血液が体内を流れてゆくようにごく自然に日常的なものと非日常的なものがひとつに結びつく。詩はユーモアと境界を接し、――審判者であると同時に共犯者でもある――コルタサルの目は、事物や人間のうちに潜むグロテスクな側面を鋭く見抜く。しかし、グロテスクなものとは同時に驚異的なものでもあり、この驚異的なものがやさしさと官能性、堕落と情熱、倦怠感と慈悲の心をつなぎ合わせているのである。すなわち、恐怖と美しさがひとつに結びついているのである。

パスが指摘しているように、コルタサルの作品、とりわけ短篇では「日常的なものと非日常的なものが」ごく自然に結びついている。ひとつには彼の絶妙な語り口、その透明で硬質的な文体に負っていることは間違いないが、その一方で夢がきわめて重要な意味を担っていることは多くの批評家が指摘しているとおりである。

ツヴェタン・トドロフは『幻想文学——構造と機能』(渡辺明正、三好郁朗訳)の中で、われわれが「幻想のただなかへと導かれる」のは、現実とも夢とも、事実とも幻覚ともつかない曖昧さが「物語の結末に至るまで持続されていく」からで、そこから読者の側に「ためらい」が生まれてくると述べているが、コルタサルの作品がまさにそうである。もう一つ付け加えるとすれば、彼の作品ではつねに日常的な世界が崩壊してゆくか、崩壊の危機に瀕している点である。コルタサルはこの崩壊のプロセスを実に鮮やかな手並みで描き出してゆく。『遊戯の終わり』の前に書かれた『動物寓意譚』では、意識下の世界に錘鉛を下ろし、その暗黒部に潜む狂気、悪夢を描き出そうとしているために全体に暗く不気味な雰囲気がたたえられている。それが『遊戯の終わり』になると、ありふれた日常世界とそこで生じる事件が一見写実的といってもいい文体で描きだされてゆく。その一方で、作品中に描かれている世界の崩壊、瓦解を予兆するような細部が巧みに織り込まれているために、ストーリーに張り詰めた緊張感が漂い、読者を引き込んでいく。

ただ、『遊戯の終わり』には夢、悪夢とはまたちがった世界を描いた作品も収められている。たとえば、思春期の少年少女の繊細でもろく壊れやすい心の動きを鮮やかに描きだした「殺虫剤」や「遊戯の終わり」といった作品もあれば、ボルヘスのブエノスアイレスのならず者やナイフ使いを主人公にした短篇やヘミングウェイの短篇を髣髴させる「旧友」「動機」「牡牛」といった作品もあり、幻想的短篇の名手として知られるコルタサルにしては珍しく写実的な作品に仕上がっている。ただ、短篇としてはじつによくできていて、読後にそれぞれにちがった余韻を残す。しかし、これらの作品でも日常的な世界が崩壊の危機に瀕しているか、すでに崩壊しつつあることは容易に見て取れるはずである。

一方、「河」「水底譚」「夜、あおむけにされて」「誰も悪くはない」などの作品では、コルタサルならではの語り口と技法が遺憾なく発揮されていて、読者を一気に夢、悪夢の世界へ引き込んでゆく。コルタサルの作品を読んだ読者は、おそらくそれまで堅固で安定しているかに思えたまわりの現実世界が、突然揺らぎはじめ、足元から崩れてゆくような感覚を抱かれるにちがいない。それがまさしく「続いている公園」に描かれている世界なのである。メビウスの輪というのがある。細長い一枚の紙を一ひねりして、その両端を糊でくっつける。そして紙の上を鉛筆でなぞってゆくと、紙の表と裏がひとつにつながっているのである。コルタサルの世界がまさにそれで、読者が紙の上に印刷された幻想的な物語を読みながら、心の底でここに書かれていることは自分とはかかわりのない世界の出来事だと思い込んでいると、いつの間にか自身の足元から現実世界が崩れはじめるのである。

中でもここに収められている「山椒魚」がいくつか問題点をはらんでいて見落とすことができない。《ぼく》は植物園の水槽にいる山椒魚に魅せられて毎日のようにそこに通ううちに、ついに意識だけがそっくり山椒魚にのりうつってしまう。そうと知って身のすくむような恐怖を覚えるが、やがて《ぼく》は水槽での生活にも慣れて、かつてのぼくがいずれ山椒魚について何か物語を書いてくれるだろうと考えて慰めを見いだす。山椒魚に変わった《ぼく》には「遥かな昔に消滅した王国」が、「自分たちが王国を支配していたあの自由な時代がふたたび戻ってくる」かもしれないというかすかな希望が残されている。

同じ変身でも、グレゴール・ザムザのそれはあまりにも救いがない。目が覚めると毒虫に姿が変わっていたザムザは、それでもなお仕事に出かけようとする。というのも、自分が働かなければ、家族のものが困窮すると分かっているからである。そのためになんとしても元の姿に戻って仕事場に行きたいと思うが、その思いもむなしく毒虫に変わり果てた姿のまま一匹の虫けらとして死んでゆく。一方は意識だけが山椒魚に乗り移ったのに対して、もう一方は意識はそのままで姿だけが毒虫に変わっただけだ、「山椒魚」と「変身」の相違点をそんなふうにとらえることもできるが、そこにはもっと意味深い違いが秘められているように思われる。つまり、変身が外見だけの場合は、意識もそれとともに変化しない限り彼はこの世界に閉じ込められたままで抜け出すことができず、呪われた存在になる。一方、意識が転移した場合は、《ぼく》が以前のぼくを客観的に突き放してみることができる。つまり、《ぼく》は今や「水槽の中」の世界の住人なのである。したがって、ザムザが自身の変身を軽い驚きを持って受け止めた後いつものように仕事に出かけようとするのも、その後家族のものに迷惑がかからないよう痛ましいほど気を遣うのも彼がこの世界の中に閉じ込められた存在であるからにほかならない。「城」にたどり着こうとしてさまよい歩く測量士K、あるいは天国の門が開かれるのを永遠に待ち続ける男のように、ザムザも自らに課せられた運命を従順に受け入れ、自らの世界の外にでることはない。カフカの描き出す世界にはつねに『判決』に出てくる父を思わせる絶対者がいて、人物たちはその父が支配する世界から抜け出せずにいるか、抜け出そうとせずに不条理な生を受け入れる。

しかし、「山椒魚」にはカフカの父のような絶対者は存在しない。以前のぼくが山椒魚を理解しようとして水槽に顔を近付けるのを見て、「山椒魚になっていたぼくには、それがむだな努力だということがすぐに分かった。彼が水槽の外にいる限り、その考えはどこまでも水槽の外の考えなのだ」と考える。こう語る《ぼく》はすでにこの世界を抜け出して、「水槽の中」の世界に身を置いている。山椒魚に変身する前、《ぼく》は「水槽の中」にいる彼らを見ながら、「彼ら山椒魚の秘めた意志、つまり一切に無関心になりじっと動かずにいることによって、時間と空間を無化しようとする彼らの意志がおぼろげながら理解できるように思えた」という一節が出てくる。この短篇集に収められている「キクラデス諸島の偶像」にも似たような一文が出てくる。登場人物のソモーサ、モーラン、テレーズの三人はギリシアの遺跡で古代の彫像を掘り当てる。彼らはその像をひそかに持ち帰り、ソモーサが保管することになるが、やがてモーランは彫像にとりつかれた彼の言動がおかしくなりはじめたことに気付く。ソモーサが異常なまでに熱をこめて自分の固執観念について語るのを聞きながら、モーランは「考古学者というのは自ら探究し解明した過去と多少とも一体化する。彼は過去の遺物と固く結ばれることによって、理性の枠を越え、さらには時間空間をも変質させる。そこに一種の空隙が生じるが、その隙間を通って……」と考える。冷静にソモーサの狂気を見詰めていたはずのモーランまでがやがて同じ狂気にとりつかれてしまうのだが、いずれの作品でも、人物たちが現実的な世界とはちがった時間空間の中に入り込んでしまうというストーリーが展開されている。

ヘラクレイトスの「人は同じ川に二度足を踏み入れることはできない」という有名な言葉にもあるように、ぼくたちは止まることなく流れ去ってゆく時間の川の中に生きていて、押しとどめようもなく連続し、継起してゆく時間から逃れることはできない。もし逃れる術があるとすれば、瞬時時間の外に出て、永遠を垣間見るしかないが、しかし、宗教、あるいは芸術を通して稀に得られるそうした至福の時は長く続くことはない。

また、無限に連続、継起する時間においては、その中を空間のように自由に移動することはできない。つまり、過去に戻ることも、未来に進むこともできない。時間はまた因果律をもたらし、人はその法則に縛られる。そうした時間の中に閉じ込められた人間に、別種の時間の訪れのあることがある。夢、悪夢、奇妙なデジャ・ヴュ体験、あるいは臨死体験などがそれである。コルタサルの「山椒魚」や「キクラデス諸島の偶像」「黄色い花」といった作品のうちには今述べたような非現実的といってもいい異質な時間の出現、あるいは古代の時間の蘇りが見て取れるはずである。

そういえば、ホルヘ・ルイス・ボルヘスの短篇「不死の人」やエッセイ「永遠の歴史」「時間に関する新たな反駁」、あるいはアドルフォ・ビオイ・カサーレスの小説『モレルの発明』や短篇「天空のたくらみ」などを読むと、彼らもまたコルタサルとはちがった形で時間にとりつかれていた作家だということに思い当たる。アルゼンチンの大草原パンパスを、これは神が無限とは何かを人に教えるために創造されたものであると言った小説家がいるが、そのような大草原に囲まれた町ブエノスアイレスに住むと、人は時間について特異な感覚を抱くようになるのかもしれない。

それはともかく、コルタサルはあるエッセイで、自分は悪夢を見ると、とりつかれたようになってどうしても頭から振り払えなくなる、それを払いのけるために短篇を書いている、つまり、ぼくにとって短篇を書くというのは一種の《悪魔祓いの儀式》なのです、と語っている。彼の不気味な幻想性をたたえた作品を読んでいると、これは現実世界を律しているのとはまたちがう異質な時間の生み出す悪夢ではないだろうかと考えることがあるのは、おそらくそのせいだろう。

＊

本訳書は、以前に国書刊行会から出版したものに加筆、修正を加えたものである。岩波文庫に収録されるに当たっては、岩波文庫編集長の入谷芳孝氏にいろいろとお世話になった。ここで謝意を申し述べておきます。

＊

なお、翻訳に当たってはJulio Cortázar; *Ceremonias*, Seix Barral, 1968に収められている短篇集*Final del juego*を底本として用いた。また、コルタサルの短篇選集の英訳

Julio Cortázar; *Blow-Up And Other Stories*, Pantheon Books, New York, 1985 にもこの中のいくつかが英語に訳されているので、それを適宜参照させていただいた。

二〇一二年四月

木村榮一

〔編集付記〕

本書は木村榮一訳『遊戯の終り』(ラテンアメリカ文学叢書5、国書刊行会、一九七七年十月刊)を文庫化したものである。

(岩波文庫編集部)

遊戯《ゆうぎ》の終《お》わり　コルタサル作

2012 年 6 月 15 日　第 1 刷発行
2021 年 10 月 5 日　第 6 刷発行

訳　者　木村榮一《きむらえいいち》

発行者　坂本政謙

発行所　株式会社 岩波書店
〒101-8002 東京都千代田区一ツ橋 2-5-5

案内 03-5210-4000　営業部 03-5210-4111
文庫編集部 03-5210-4051
https://www.iwanami.co.jp/

印刷・理想社　カバー・精興社　製本・牧製本

ISBN 978-4-00-327902-1　　Printed in Japan

読書子に寄す

——岩波文庫発刊に際して——

岩波茂雄

真理は万人によって求められることを自ら欲し、芸術は万人によって愛されることを自ら望む。かつては民を愚昧ならしめるために学芸が最も狭き堂宇に閉鎖されたことがあった。今や知識と美とを特権階級の独占より奪い返すことはつねに進取的なる民衆の切実なる要求である。岩波文庫はこの要求に応じそれに励まされて生まれた。それは生命ある不朽の書を少数者の書斎と研究室とより解放して街頭にくまなく立たしめ民衆に伍せしめるであろう。近時大量生産予約出版の流行を見る。その広告宣伝の狂態はしばらくおくも、後代にのこすと誇称する全集がその編集に万全の用意をなしたるか。千古の典籍の翻訳企図に敬虔の態度を欠かざりしか。さらに分売を許さず読者を繫縛して数十冊を強うるがごとき、はたしてその揚言する学芸解放のゆえんなりや。吾人は天下の名士の声に和してこれを推挙するに躊躇するものである。このときにあたって、岩波書店は自己の責務のいよいよ重大なるを思い、従来の方針の徹底を期するため、すでに十数年以前より志して来た計画を慎重審議この際断然実行することにした。吾人は範をかのレクラム文庫にとり、古今東西にわたって文芸・哲学・社会科学・自然科学等種類のいかんを問わず、いやしくも万人の必読すべき真に古典的価値ある書をきわめて簡易なる形式において逐次刊行し、あらゆる人間に須要なる生活向上の資料、生活批判の原理を提供せんと欲する。この文庫は予約出版の方法を排したるがゆえに、読者は自己の欲する時に自己の欲する書物を各個に自由に選択することができる。携帯に便にして価格の低きを最主とするがゆえに、外観を顧みざるも内容に至っては厳選最も力を尽くし、従来の岩波出版物の特色をますます発揮せしめようとする。この計画たるや世間の一時の投機的なるものと異なり、永遠の事業として吾人は微力を傾倒し、あらゆる犠牲を忍んで今後永久に継続発展せしめ、もって文庫の使命を遺憾なく果たさしめることを期する。芸術を愛し知識を求むる士の自ら進んでこの挙に参加し、希望と忠言とを寄せられることは吾人の熱望するところである。その性質上経済的には最も困難多きこの事業にあえて当たらんとする吾人の志を諒として、その達成のため世の読書子とのうるわしき共同を期待する。

昭和二年七月

《東洋文学》〔赤〕

- 王維詩集 — 小川環樹・都留春雄・入谷仙介 選訳
- 杜甫詩選 — 黒川洋一編
- 李白詩選 — 松浦友久編訳
- 李賀詩選 — 黒川洋一編
- 陶淵明全集 全二冊 — 松枝茂夫・和田武司 訳注
- 唐詩選 全三冊 — 前野直彬注解
- 完訳 三国志 全八冊 — 小川環樹・金田純一郎 訳
- 西遊記 全十冊 — 中野美代子訳
- 菜根譚 — 洪自誠／今井宇三郎訳注
- 浮生六記 —浮生夢のごとし — 沈復／松枝茂夫訳
- 阿Q正伝・狂人日記 他十二篇（吶喊） — 魯迅／竹内好訳
- 魯迅評論集 — 竹内好編訳
- 家 全二冊 — 巴金／飯塚朗訳
- 寒い夜 — 巴金／立間祥介訳
- 新編 中国名詩選 全三冊 — 川合康三編訳
- 遊仙窟 — 張文成／今村与志雄訳
- 唐宋伝奇集 全二冊 — 今村与志雄訳
- 聊斎志異 全二冊 — 蒲松齢／立間祥介編訳
- 白楽天詩選 全二冊 — 川合康三訳注
- 文選 全六冊 — 川合康三・富永一登・釜谷武志・和田英信・浅見洋二・緑川英樹 訳注
- ケサル王物語 —チベットの英雄叙事詩 — アレクサンドラ・ダヴィッド＝ネール・アプル・ユンテン／富樫瓔子訳
- バガヴァッド・ギーター — 上村勝彦訳
- 朝鮮民謡選 — 金素雲訳編
- 尹東柱詩集 空と風と星と詩 — 金時鐘編訳
- アイヌ神謡集 — 知里幸恵編訳
- アイヌ民譚集 付 えぞおばけ列伝 — 知里真志保編訳

《ギリシア・ラテン文学》〔赤〕

- ホメロス イリアス 全二冊 — 松平千秋訳
- ホメロス オデュッセイア 全二冊 — 松平千秋訳
- イソップ寓話集 — 中務哲郎訳
- アイスキュロス 縛られたプロメーテウス — 呉茂一訳
- ソポクレース アンティゴネー — 中務哲郎訳
- バッカイ —バッコスに憑かれた女たち — エウリーピデース／逸身喜一郎訳
- ヘシオドス 神統記 — 廣川洋一訳
- アリストパネース 蜂 — 高津春繁訳
- 女の議会 — アリストパネース／村川堅太郎訳
- アポロドーロス ギリシア神話 — 高津春繁訳
- ギリシア・ローマ抒情詩選 —花冠 — 呉茂一訳
- 黄金の驢馬 — アープレーイユス／呉茂一・国原吉之助訳
- オウィディウス 変身物語 全二冊 — 中村善也訳
- ギリシア・ローマ神話 付 インド・北欧神話 — ブルフィンチ／野上弥生子訳
- ギリシア・ローマ名言集 — 柳沼重剛編
- ローマ諷刺詩集 — ペルシウス・ユウェナーリス／国原吉之助訳

《南北ヨーロッパ他文学》(赤)

ダンテ 新生　山川丙三郎訳
抜目のない未亡人　ゴルドーニ　平川祐弘訳
珈琲店・恋人たち　ゴルドーニ　平川祐弘訳
カヴァレリーア・ルスティカーナ 他十一篇　G・ヴェルガ　河島英昭訳
カルヴィーノ イタリア民話集 全二冊　河島英昭編訳
むずかしい愛　カルヴィーノ　和田忠彦訳
パロマー　カルヴィーノ　和田忠彦訳
カルヴィーノ アメリカ講義 —新たな千年紀のための六つのメモ　米川良夫　和田忠彦訳
まっぷたつの子爵　カルヴィーノ　河島英昭訳
魔法の庭・空を見上げる部族 他十四篇　カルヴィーノ　和田忠彦訳
愛神の戯れ —牧歌劇『アミンタ』　トルクァート・タッソ　鷲平京子訳
ペトラルカ ルネサンス書簡集　近藤恒一編訳
ペトラルカ 無知について　近藤恒一訳
美しい夏　パヴェーゼ　河島英昭訳
流刑　パヴェーゼ　河島英昭訳
祭の夜　パヴェーゼ　河島英昭訳

月と篝火　パヴェーゼ　河島英昭訳
休戦　プリーモ・レーヴィ　竹山博英訳
ウンベルト・エーコ 小説の森散策　和田忠彦訳
バウドリーノ 全二冊　ウンベルト・エーコ　堤康徳訳
タタール人の砂漠　ブッツァーティ　脇功訳
七人の使者・神を見た犬 他十三篇　ブッツァーティ　脇功訳
ラサリーリョ・デ・トルメスの生涯　会田由訳
ドン・キホーテ 前篇 全三冊　セルバンテス　牛島信明訳
ドン・キホーテ 後篇 全三冊　セルバンテス　牛島信明訳
セルバンテス短篇集　牛島信明編訳
恐ろしき媒　ホセ・エチェガライ　永田寛定訳
三大悲劇集 血の婚礼 他二篇　ガルシーア・ロルカ　牛島信明訳
娘たちの空返事 他一篇　モラティン　佐竹謙一訳
プラテーロとわたし　J・R・ヒメーネス　長南実訳
オルメードの騎士　ロペ・デ・ベガ　長南実訳
サラマンカの学生 他六篇　エスプロンセーダ　佐竹謙一訳
セビーリャの色事師と石の招客 他一篇　ティルソ・デ・モリーナ　佐竹謙一訳

ティラン・ロ・ブラン 全四冊　J・マルトゥレイ　M・J・ダ・ガルバ　田澤耕訳
ダイヤモンド広場　マルセー・ルドゥレダ　田澤耕訳
完訳 アンデルセン童話集 全七冊　大畑末吉訳
即興詩人 全二冊　アンデルセン　大畑末吉訳
アンデルセン自伝　大畑末吉訳
ここに薔薇ありせば 他五篇　ヤコブセン　矢崎源九郎訳
ヴィクトリア　クヌート・ハムスン　冨原眞弓訳
フィンランド叙事詩 カレワラ 全二冊　リョンロット編　小泉保訳
イプセン 人形の家　原千代海訳
イプセン 野鴨　原千代海訳
令嬢ユリェ　ストリントベルク　茅野蕭々訳
ポルトガリヤの皇帝さん　ラーゲルレーヴ　イシガオサム訳
アミエルの日記 全四冊　河野与一訳
クオ・ワディス 全三冊　シェンキェーヴィチ　木村彰一訳
山椒魚戦争　カレル・チャペック　栗栖継訳
ロボット (R・U・R)　チャペック　千野栄一訳
白い病　カレル・チャペック　阿部賢一訳

牛乳屋テヴィエ　ショレム・アレイヘム　西成彦訳

完訳 千一夜物語 全十三冊　豊島与志雄・渡辺一夫・佐藤正彰・岡部正孝訳

ルバイヤート　オマル・ハイヤーム　小川亮作訳

ゴレスターン　サアディー　沢英三訳

アブー・ヌワース アラブ飲酒詩選　塙治夫編訳

中世騎士物語　ブルフィンチ　野上弥生子訳

コルタサル短篇集 悪魔の涎・追い求める男 他八篇　木村榮一訳

遊戯の終わり　コルタサル　木村榮一訳

秘密の武器　コルタサル　木村榮一訳

ペドロ・パラモ　ファン・ルルフォ　杉山晃・増田義郎訳

燃える平原　ファン・ルルフォ　杉山晃訳

伝奇集　J・L・ボルヘス　鼓直訳

創造者　J・L・ボルヘス　鼓直訳

続審問　J・L・ボルヘス　中村健二訳

七つの夜　J・L・ボルヘス　野谷文昭訳

詩という仕事について　J・L・ボルヘス　鼓直訳

汚辱の世界史　J・L・ボルヘス　中村健二訳

ブロディーの報告書　J・L・ボルヘス　鼓直訳

アレフ　J・L・ボルヘス　鼓直訳

語るボルヘス —書物・不死性・時間ほか　J・L・ボルヘス　木村榮一訳

20世紀ラテンアメリカ短篇選　野谷文昭編訳

フエンテス短篇集 アウラ・純な魂 他四篇　木村榮一訳

アルテミオ・クルスの死　フエンテス　木村榮一訳

グアテマラ伝説集　M・A・アストゥリアス　牛島信明訳

緑の家 全二冊　バルガス＝リョサ　木村榮一訳

密林の語り部　バルガス＝リョサ　西村英一郎訳

ラ・カテドラルでの対話　バルガス＝リョサ　旦敬介訳

弓と竪琴　オクタビオ・パス　牛島信明訳

失われた足跡　カルペンティエル　牛島信明訳

ラテンアメリカ民話集　三原幸久編訳

やし酒飲み　エイモス・チュツオーラ　土屋哲訳

薬草まじない　エイモス・チュツオーラ　土屋哲訳

ジャンプ 他十一篇　ナディン・ゴーディマ　柳沢由実子訳

マイケル・K　J・M・クッツェー　くぼたのぞみ訳

ミゲル・ストリート　V・S・ナイポール　小野正嗣・小沢自然訳

キリストはエボリで止まった　カルロ・レーヴィ　竹山博英訳

クァジーモド全詩集　河島英昭訳

ウンガレッティ全詩集　河島英昭訳

クオーレ　デ・アミーチス　和田忠彦訳

ゼーノの意識 全二冊　ズヴェーヴォ　堤康徳訳

冗談　ミラン・クンデラ　西永良成訳

小説の技法　ミラン・クンデラ　西永良成訳

世界イディッシュ短篇選　西成彦編訳

《ロシア文学》〔赤〕

オネーギン　プーシキン　池田健太郎訳
スペードの女王・ベールキン物語　プーシキン　神西清訳
狂人日記 他二篇　ゴーゴリ　横田瑞穂訳
外套・鼻　ゴーゴリ　平井肇訳
イワーン・イワーノヴィチとイワーン・ニキーフォロヴィチとが喧嘩をした話　ゴーゴリ　原久一郎訳
日本渡航記 ―フレガート「パルラダ」号より　ゴンチャロフ　井上満訳
平凡物語 全二冊　ゴンチャロフ　井上満訳
ルージン　ツルゲーネフ　中村融訳
オブローモフ主義とは何か? 他一篇　ドブロリューボフ　金子幸彦訳
貧しき人々　ドストイエフスキイ　原久一郎訳
二重人格　ドストエフスキー　小沼文彦訳
罪と罰 全三冊　ドストエフスキー　江川卓訳
白痴 全二冊　ドストエーフスキイ　米川正夫訳
カラマーゾフの兄弟 全四冊　ドストエーフスキイ　米川正夫訳
アンナ・カレーニナ 全三冊　トルストイ　中村融訳
幼年時代　トルストイ　藤沼貴訳
戦争と平和 全六冊　トルストイ　藤沼貴訳
トルストイ民話集 人はなんで生きるか 他四篇　中村白葉訳
トルストイ民話集 イワンのばか 他八篇　中村白葉訳
イワン・イリッチの死　トルストイ　米川正夫訳
復活 全二冊　トルストイ　藤沼貴訳
人生論　トルストイ　中村融訳
かもめ　チェーホフ　浦雅春訳
桜の園　チェーホフ　小野理子訳
チェーホフ 妻への手紙 全二冊　湯浅芳子訳
ともしび・谷間 他七篇　チェーホフ　松下裕訳
ゴーリキー短篇集　上田進・横田瑞穂訳編
どん底　ゴーリキイ　中村白葉訳
魅せられた旅人　レスコーフ　木村彰一訳
かくれんぼ・毒の園 他五篇　ソログープ　中山省三郎・昇曙夢訳
巨匠とマルガリータ 全二冊　ブルガーコフ　水野忠夫訳

《ドイツ文学》〔赤〕

ニーベルンゲンの歌 全二冊 相良守峯訳
若きウェルテルの悩み ゲーテ 竹山道雄訳
ヴィルヘルム・マイスターの修業時代 全三冊 ゲーテ 山崎章甫訳
イタリア紀行 全三冊 ゲーテ 相良守峯訳
ファウスト 全二冊 ゲーテ 相良守峯訳
ゲーテとの対話 全三冊 エッカーマン 山下肇訳
スペインの太子 ドン・カルロス シルレル 佐藤通次訳
改訳 オルレアンの少女 シルレル 佐藤通次訳
ヒュペーリオン ―希臘の世捨人 ヘルデルリーン 渡辺格司訳
青い花 ノヴァーリス 青山隆夫訳
夜の讃歌・サイスの弟子たち 他一篇 ノヴァーリス 今泉文子訳
完訳 グリム童話集 全五冊 金田鬼一訳
黄金の壺 ホフマン 神品芳夫訳
ホフマン短篇集 池内紀編訳
O侯爵夫人 他六篇 クライスト 相良守峯訳
影をなくした男 シャミッソー 池内紀訳

流刑の神々・精霊物語 ハイネ 小沢俊夫訳
冬物語 ―ドイツ ハイネ 井汲越次訳
芸術と革命 他四篇 ワーグナー 北村義男訳
ブリギッタ・森の泉 他一篇 シュティフター 宇多五郎 高安国世 訳
みずうみ 他四篇 シュトルム 関泰祐訳
村のロメオとユリア ケラー 草間平作訳
沈鐘 ハウプトマン 阿部六郎訳
地霊・パンドラの箱 ルル二部作 F・ヴェデキント 岩淵達治訳
春のめざめ F・ヴェデキント 酒寄進一訳
ゲオルゲ詩集 手塚富雄訳
花・死人に口なし 他七篇 シュニッツラー 番匠谷英一 山本有三 訳
リルケ詩集 高安国世訳
ドゥイノの悲歌 リルケ 手塚富雄訳
ブッデンブローク家の人びと 全三冊 トーマス・マン 望月市恵訳
トオマス・マン短篇集 実吉捷郎訳
魔の山 全二冊 トーマス・マン 関泰祐 望月市恵 訳
トニオ・クレエゲル トオマス・マン 実吉捷郎訳

ヴェニスに死す トオマス・マン 実吉捷郎訳
車輪の下 ヘルマン・ヘッセ 実吉捷郎訳
青春はうるわし 他三篇 ヘッセ 関泰祐訳
漂泊の魂 クヌルプ ヘルマン・ヘッセ 相良守峯訳
デミアン ヘルマン・ヘッセ 実吉捷郎訳
シッダルタ ヘッセ 手塚富雄訳
ルーマニア日記 カロッサ 高橋健二訳
若き日の変転 カロッサ 斎藤栄治訳
幼年時代 カロッサ 斎藤栄治訳
指導と信従 カロッサ 国松孝二訳
ジョゼフ・フーシェ ―ある政治的人間の肖像 シュテファン・ツワイク 高橋禎二 秋山英夫 訳
変身・断食芸人 カフカ 山下肇 山下萬里 訳
審判 カフカ 辻瑆訳
カフカ短篇集 池内紀編訳
カフカ寓話集 池内紀編訳
三文オペラ ブレヒト 岩淵達治訳
肝っ玉おっ母とその子どもたち ブレヒト 岩淵達治訳

ドイツ炉辺ばなし集 —カレンダーゲシヒテン　ヘーベル　木下康光編訳
悪童物語　ルウドキヒ・トオマ　実吉捷郎訳
ウィーン世紀末文学選　池内紀編訳
ティル・オイレンシュピーゲルの愉快ないたずら　阿部謹也訳
大理石像・デュランデ城悲歌　アイヒェンドルフ　関泰祐訳
チャンドス卿の手紙 他十篇　ホフマンスタール　檜山哲彦訳
ホフマンスタール詩集　川村二郎訳
インド紀行 全二冊　ボンゼルス　実吉捷郎訳
ドイツ名詩選　生野幸吉・檜山哲彦編
蝶の生活　シュナック　岡田朝雄訳
聖なる酔っぱらいの伝説 他四篇　ヨーゼフ・ロート　池内紀訳
ラデツキー行進曲 全二冊　ヨーゼフ・ロート　平田達治訳
暴力批判論 他十篇 —ベンヤミンの仕事1　ベンヤミン　野村修編訳
ボードレール 他五篇 —ベンヤミンの仕事2　ベンヤミン　野村修編訳
パサージュ論 全五冊　ヴァルター・ベンヤミン　今村仁司・三島憲一・大貫敦子・高橋順一・塚原史・細見和之・村岡晋一・山本尤・横張誠・與謝野文子・吉村和明訳
ジャクリーヌと日本人　ヤーコプ　相良守峯訳
人生処方詩集　エーリヒ・ケストナー　小松太郎訳

第七の十字架 全二冊　アンナ・ゼーガース　山下肇・新村浩訳

《フランス文学》〔赤〕

ロランの歌　有永弘人訳
ラブレー第一之書 ガルガンチュワ物語　渡辺一夫訳
ラブレー第二之書 パンタグリュエル物語　渡辺一夫訳
ラブレー第三之書 パンタグリュエル物語　渡辺一夫訳
ラブレー第四之書 パンタグリュエル物語　渡辺一夫訳
ラブレー第五之書 パンタグリュエル物語　渡辺一夫訳
ピエール・パトラン先生　渡辺一夫訳
日月両世界旅行記　シラノ・ド・ベルジュラック　赤木昭三訳
ロンサール詩集　ロンサール　井上究一郎訳
エセー 全六冊　モンテーニュ　原二郎訳
ラ・ロシュフコー箴言集　二宮フサ訳
ブリタニキュス ベレニス　ラシーヌ　渡辺守章訳
ドン・ジュアン —石像の宴　モリエール　鈴木力衛訳
完訳 ペロー童話集　新倉朗子訳
カンディード 他五篇　ヴォルテール　植田祐次訳

哲学書簡　ヴォルテール　林達夫訳
ルイ十四世の世紀 全四冊　ヴォルテール　丸山熊雄訳
フィガロの結婚　ボオマルシェ　辰野隆訳
美味礼讃 全二冊　ブリア-サヴァラン　関根秀雄・戸部松実訳
アドルフ　コンスタン　大塚幸男訳
近代人の自由と古代人の自由・征服の精神と簒奪 他一篇　コンスタン　堤林剣・堤林恵訳
恋愛論 全二冊　スタンダール　杉本圭子訳
赤と黒 全二冊　スタンダール　桑原武夫・生島遼一訳
ゴプセック・毬打つ猫の店　バルザック　芳川泰久訳
艶笑滑稽譚 全三冊　バルザック　石井晴一訳
レ・ミゼラブル 全四冊　ユーゴー　豊島与志雄訳
死刑囚最後の日　ユーゴー　豊島与志雄訳
ライン河幻想紀行　ユーゴー　榊原晃三編訳
ノートル＝ダム・ド・パリ 全二冊　ユーゴー　辻昶・松下和則訳
モンテ・クリスト伯 全七冊　アレクサンドル・デュマ　山内義雄訳
三銃士 全二冊　デュマ　生島遼一訳
エトルリヤの壺 他五篇　メリメ　杉捷夫訳

カルメン　メリメ　杉捷夫訳
愛の妖精（プチット・ファデット）　ジョルジュ・サンド　宮崎嶺雄訳
ボヴァリー夫人 全二冊　フローベール　伊吹武彦訳
感情教育 全二冊　フローベール　生島遼一訳
紋切型辞典　フローベール　小倉孝誠訳
サラムボー 全二冊　フローベール　中條屋進訳
未来のイヴ 全二冊　ヴィリエ・ド・リラダン　渡辺一夫訳
風車小屋だより　ドーデー　桜田佐訳
月曜物語　ドーデー　桜田佐訳
パリ風俗 サフォ　ドーデ　朝倉季雄訳
プチ・ショーズ ―ある少年の物語　ドーデ　原千代海訳
少年少女　アナトール・フランス　三好達治訳
神々は渇く　アナトール・フランス　大塚幸男訳
テレーズ・ラカン 全二冊　エミール・ゾラ　小林正訳
ジェルミナール 全三冊　エミール・ゾラ　安士正夫訳
獣人 全二冊　エミール・ゾラ　川口篤訳
制作 全二冊　エミール・ゾラ　清水正和訳

水車小屋攻撃 他七篇　エミール・ゾラ　朝比奈弘治訳
氷島の漁夫　ピエール・ロチ　吉氷清訳
マラルメ詩集　渡辺守章訳
脂肪のかたまり　モーパッサン　高山鉄男訳
メゾンテリエ 他三篇　モーパッサン　河盛好蔵訳
モーパッサン短篇選　高山鉄男編訳
わたしたちの心　モーパッサン　笠間直穂子訳
地獄の季節　ランボオ　小林秀雄訳
対訳 ランボー詩集 ―フランス詩人選(1)　中地義和編
にんじん　ルナアル　岸田国士訳
ぶどう畑のぶどう作り　ルナアル　岸田国士訳
博物誌　ルナール　辻昶訳
ジャン・クリストフ 全四冊　ロマン・ローラン　豊島与志雄訳
トルストイの生涯　ロマン・ロラン　蛯原徳夫訳
ベートーヴェンの生涯　ロマン・ロラン　片山敏彦訳
ミケランジェロの生涯　ロマン・ロラン　高田博厚訳
フランシス・ジャム詩集　手塚伸一訳

三人の乙女たち　フランシス・ジャム　手塚伸一訳
背徳者　アンドレ・ジイド　川口篤訳
法王庁の抜け穴　アンドレ・ジイド　石川淳訳
精神の危機 他十五篇　ポール・ヴァレリー　恒川邦夫訳
若き日の手紙　フィリップ　外山楢夫訳
朝のコント　フィリップ　淀野隆三訳
シラノ・ド・ベルジュラック　ロスタン　辰野隆・鈴木信太郎訳
地底旅行　ジュール・ヴェルヌ　朝比奈弘治訳
八十日間世界一周　ジュール・ヴェルヌ　鈴木啓二訳
海底二万里 全二冊　ジュール・ヴェルヌ　朝比奈美知子訳
結婚十五の歓び　新倉俊一訳
死霊の恋・ポンペイ夜話 他三篇　ゴーチエ　田辺貞之助訳
火の娘たち　ネルヴァル　野崎歓訳
パリの夜 ―革命下の民衆　レチフ・ド・ラ・ブルトンヌ　植田祐次編訳
牝猫（めすねこ）　コレット　工藤庸子訳
シェリ　コレット　工藤庸子訳
シェリの最後　コレット　工藤庸子訳

生きている過去　レニエ　窪田般彌訳
ノディエ幻想短篇集　ノディエ　篠田知和基編訳
フランス短篇傑作選　山田稔編訳
シュルレアリスム宣言・溶ける魚　アンドレ・ブルトン　巖谷國士訳
ナジャ　アンドレ・ブルトン　巖谷國士訳
不遇なる一天才の手記　ヴォーヴナルグ　関根秀雄訳
ジェルミニィ・ラセルトゥウ　ゴンクウル兄弟　大西克和訳
ジュスチーヌまたは美徳の不幸　サド　植田祐次訳
とどめの一撃　ユルスナール　岩崎力訳
フランス名詩選　安藤元雄　入沢康夫　渋沢孝輔編
繻子の靴　全二冊　ポール・クローデル　渡辺守章訳
A・O・バルナブース全集　全二冊　ヴァレリー・ラルボー　岩崎力訳
悪魔祓い　ル・クレジオ　高山鉄男訳
楽しみと日々　プルースト　岩崎力訳
失われた時を求めて　全十四冊　プルースト　吉川一義訳
子ども　全二冊　ジュール・ヴァレス　朝比奈弘治訳
シルトの岸辺　ジュリアン・グラック　安藤元雄訳

星の王子さま　サン＝テグジュペリ　内藤濯訳
プレヴェール詩集　小笠原豊樹訳

岩波文庫の最新刊

梵文和訳 華厳経入法界品 (中)

梶山雄一・丹治昭義・津田真一・田村智淳・桂紹隆 訳注

大乗経典の精華。善財童子が良き師達を訪ね、悟りを求めて、遍歴する雄大な物語。梵語原典から初めての翻訳、中巻は第十八章―第三十八章を収録。(全三冊)

〔青三四五-二〕 定価一一七七円

パサージュ論 (五)

ヴァルター・ベンヤミン著/今村仁司、三島憲一 他訳

事物や歴史の中に眠り込んでいた夢の力を解放するパサージュ・プロジェクト。「文学史、ユゴー」「無為」などの断章や『パサージュ論』をめぐる書簡を収録。全五冊完結。〔赤四六三-七〕 定価一一七七円

……今月の重版再開……

武器よさらば (上)

ヘミングウェイ作/谷口陸男訳

〔赤三二六-二〕 定価七九二円

武器よさらば (下)

ヘミングウェイ作/谷口陸男訳

〔赤三二六-三〕 定価七二六円

定価は消費税 10% 込です　2021. 8